Lore Salas

montena

A mi abuela Alejandra, que, a pesar de todo, siempre ha sabido
sonreírle a la vida llenándola de momentos dulces

Prólogo

Pasión por la pastelería viva

Posiblemente sea la peor persona para escribir un prólogo, ya que mis cualidades como redactor son muy malas. Aun así, estoy muy feliz de poder escribir estas líneas para el libro de una persona a la que admiro muchísimo. Sé que es gratuito decirlo en este prólogo, pero me gustaría que supieran el porqué de mi admiración:

Hace años que sigo el trabajo de Lore a través de las redes sociales y siempre me sorprende la cantidad de detalles y distintos elementos que tienen sus postres y fotografías. Primero por hacerlo algo apetitoso, y segundo por hacerlo visualmente hermoso. Pero hay una razón más para mi fascinación, y es que, después de haber estudiado pastelería tradicional, Lore decidió utilizar su conocimiento para hacer un tipo de repostería con nuevas texturas y sabores en una época en la que el paladar del público probablemente no estaba preparado para un cambio tan radical.

La perseverancia la ha puesto en el lugar idóneo y, gracias a su amor al trabajo, ha conseguido que la gente se interese y se enamore de esos dulces con tantos matices y colores, con postres que no contienen lácteos, huevos ni gelatinas. Ese es el camino a seguir para que nos interesemos en su trabajo fino, delicado, goloso y bello. Y eso solo lo consigue esforzándose duro día a día, pasando miles de horas creando y montando la puesta en escena idónea para hacer fotografías perfectas, al alcance de muy pocas personas en el mundo.

Este libro seducirá a cualquiera que lo tenga en sus manos, incitará a la gente a poner más mimo no solo en sus dulces, sino también en su cuerpo y en nuestro planeta. Y estoy seguro de que conseguirá la admiración total de todos los profesionales de la gastronomía. Este es un libro muy vivo, como lo son sus postres, y con sus consejos ayudará a que cada uno los adapte a su gusto y su estilo de vida.

Enhorabuena, Lore, por transmitir con tanto amor y pasión todo tu conocimiento.

Toni Rodríguez

ON BAKING
VEGETARIAN FLAVOR BIBLE
KAREN PAGE
OTTOLENGHI SIMPLE
SWEET
SALT FAT ACID HEAT
PASTRY CUTTERS
MAPLE SUGAR
CHESTNUT FL.
POTATO FLOUR
BROWN RICE FL.
blendtec
blendtec
Medjoul
Natural dates
VERMONT
Maple
SYRUP
Sage
Commercial
magimix

Introducción

Después de la emoción inicial de saber que Penguin Random House quería publicar este libro, sentí un gran ataque de responsabilidad. No solo por ellos, que han tenido desde el principio un nivel increíble de confianza en mi trabajo, sino especialmente por ti. Después de años compartiendo mi trabajo de forma gratuita en internet, que alguien decida hacer un desembolso de dinero para comprar un producto con mi nombre supone un compromiso enorme para estar a la altura de las expectativas.

En las primeras conversaciones que tuve con mi editora, me propuso la posibilidad de publicar en papel un *ebook* que yo ya había regalado a los suscriptores de mi web unos dos años antes. ¿Cuántas veces ocurre que una de las editoriales más prestigiosas del mundo considere que un trabajo que has hecho para regalar es digno de convertirse en un libro? Aunque me sentí halagada, y la tentación era grande, decidí que podía dar mucho más.

El origen de mi trabajo tiene dos fuentes principales: la pastelería tradicional y otra más vanguardista y sana. Por este motivo he dividido las recetas en dos bloques principales: crudas o *raw* (por debajo de 46 °C) y horneadas (por encima de 46 °C). Sin embargo, en alguna he optado por juntar ambos mundos para conseguir el mejor resultado posible. En cualquier caso, mi intención desde el principio ha sido evitar convertirlo únicamente en una lista de recetas; por ello me he esforzado en ampliar las descripciones de los pasos y detallar las técnicas para que, más que un recetario, este sea un libro con el que puedas abrirte camino para crear tu propia pastelería.

Siendo totalmente honesta: si lo que estás buscando son recetas rápidas y sencillas que requieran solo unos pocos ingredientes, probablemente este libro no sea para ti.

Después de estudiar pastelería tradicional y de dedicar años a intentar transformar las recetas tradicionales en otras mucho más saludables, sin usar productos de origen animal y sin comprometer el sabor y la apariencia, me he dado cuenta de que hacerlo con cinco ingredientes y en 5 minutos es casi una tarea imposible.

No me malinterpretes, para hacer un postre vegano no es necesario tener un máster en pastelería, pero hacer un postre vegano saludable, especialmente si quieres evitar el uso de productos industriales como las margarinas o los sustitutos para los huevos o lácteos, es un proceso laborioso.

Quizá te preguntas por qué ibas a querer evitar esos ingredientes, la respuesta es que no tienes por qué. Mi objetivo principal es presentarte el tipo de pastelería en la que yo creo, la que comparto con la gente que quiero y la que me gustaría algún día ofrecer en mi restaurante o cafetería. Eso no significa que no haya otras muchísimas formas de hacerlo. En mi caso, la explicación más sencilla es que me gusta saber lo que como. No me gustan los atajos: se puede comprar una tableta de chocolate en el supermercado y derretirla, comprar la leche vegetal ya hecha o usar harinas que vienen premezcladas. En general, para controlar todos los componentes de una receta, yo intento hacerlo casi todo desde cero. De nuevo, no tienes por qué seguir mis pasos, pero igual mi trabajo te anima a hacer alguna parte concreta, te sirve para coger ideas o simplemente como inspiración. Con el tiempo, me he dado cuenta de que esta es la manera en la que yo disfruto desarrollando recetas y, aunque es más laboriosa, te aseguro que la satisfacción es total cuando sabes exactamente

ZANUSSI

todo lo que lleva tu postre. Mi objetivo es ofrecer alternativas más saludables sin comprometer el sabor ni el placer que un dulce debe provocar. Muchas de mis recetas tienen quince ingredientes y quince pasos cuando podrían tener muchos menos, pero haciéndolo de esta forma me aseguro de que el resultado no es solamente una réplica, sino que tiene una personalidad propia y además es muchísimo más saludable.

Por otro lado, replicar una receta es sencillo y casi siempre la manera perfecta de aprender. Pero si además puedes llegar a comprender el proceso, aprender las técnicas, entender por qué unos ingredientes funcionan y otros no, estarás a medio camino de crear tu propia pastelería. Elaborar la receta de otra persona a pies juntillas es un mundo totalmente distinto al de la receta como vehículo para aprender y crear. Ese es para mí un mundo sobre el que merece la pena escribir un libro.

Para que puedas entender bien mi pasión por el dulce, mi obsesión por la pastelería saludable y mi aversión por el azúcar refinado, en el siguiente apartado he querido contarte algo de mi historia. Todas mis recetas provienen de algún lugar específico, nacen de un momento en el tiempo o de un recuerdo. Durante el libro, antes de pasar a los ingredientes y las instrucciones, te hablaré de mi padre y de mi abuela (las dos personas más golosas que conozco), de mis viajes, de la fortuna que he tenido de poder vivir en varios países, conocer diferentes culturas y disfrutar de distintas gastronomías, de mis inicios como estudiante o de mi lucha constante por andar mi propio camino. Escribir estas páginas me ha obligado a rastrear el origen de mi pasión por algunos sabores, reconstruir recuerdos para entender mi tozudez por conseguir determinadas texturas o mi obsesión por la presentación y los pequeños detalles, ayudándome por el camino a situar las recetas como partes de mi vida y no como elementos aislados e independientes. Como casi siempre pasa en el proceso creativo, una nunca tiene el control total del desenlace. Lo mejor que puedes hacer es intentar guiarlo hacia la mejor dirección y esperar que el resultado tenga algo de ti y además sea algo único con esencia propia.

Además de aprender algunas recetas, espero de corazón que este libro te sirva para algo más. Como te he dicho, con un poco de práctica replicar recetas te resultará muy sencillo, pero aprender las bases de la pastelería basada en plantas, hecha con ingredientes orgánicos y ausente de maltrato animal es otro mundo distinto.

Si consigo transmitirte los fundamentos de la repostería saludable para que puedas crear tus propias recetas, aquellas que os representen a ti y a los tuyos, que nazcan de vuestros caprichos y puedan tener en cuenta tanto las intolerancias de tus hijos como los gustos de tus amigos, en ese caso este libro habrá valido realmente la pena. Gracias por tu confianza y por muchas sonrisas dulces. :)

Todo empezó...

cuando en 2015 me matriculé en la escuela de pastelería y la repostería vegana era algo todavía muy desconocido. Recuerdo muy bien cuando mencioné por primera vez los postres crudiveganos y una compañera de clase me miró con cara de absoluta incredulidad. El veganismo empezaba a ser popular en otras ciudades, pero yo vivía en Houston, Texas, conocido por ser el hogar de las barbacoas americanas. Ser vegano allí era poco menos que desafiar la cultura nacional. Mis compañeros no eran los únicos escépticos, los propios profesores pensaban que me reía de ellos cuando preguntaba en clase si existía algún sustituto de los huevos para hacer una tarta.

«¿Por qué vas a sustituir los huevos cuando son la base de la pastelería?»

Lo cierto es que la cocina no era precisamente mi rama. Me gradué como ingeniera de caminos y antes de mudarme a Estados Unidos había dedicado los últimos años a trabajar como profesora de física y matemáticas. Desde niña siempre se me dieron muy bien los números, pero lo que realmente me encantaba era dibujar, y fue a través de mi amor por la plástica y el arte que me interesé por la arquitectura y de ahí por la ingeniería. La realidad es que durante un tiempo anduve bastante perdida, porque ya desde antes de terminar la carrera sabía que la ingeniería no era mi vocación. Como profesora, me encantaba enseñar e interactuar con mis alumnos, pero sabía que mi pasión no eran las matemáticas. Mirando hacia atrás, me doy cuenta de que la gastronomía, y en especial la pastelería, resultó un modo casi inconsciente de conectar los puntos. Me dio la posibilidad de ser extremadamente creativa dentro de un mundo con unas normas específicas muy relacionadas con los números, las proporciones y el equilibrio interno de algo que tiene unas leyes concretas, pero dentro de las cuales uno puede dejarse llevar por la imaginación. Fotografiar mi trabajo también me ayudó a crear de un modo distinto, canalizando mi obsesión por los pequeños detalles y mi perfeccionismo a la hora de decorar y presentar un plato. Al final se ha convertido en un proceso que disfruto tanto o más que el tiempo de creación de la receta en sí.

Después de terminar la carrera, estuve unos años viviendo en Madrid, época en la que descuidé un poco el estilo de vida saludable que acostumbraba a llevar. Trabajaba de noche, comía más bien mal y no me privaba de ningún capricho, mucho menos dulce. De vuelta a Barcelona, recuperé mi vida sana gracias, principalmente, a mi afición por el atletismo y al reto que me marqué de clasificarme para el Campeonato de España de media maratón.

Cuando me mudé a Houston y decidí matricularme en una escuela de pastelería, descubrí lo que realmente llevaban los dulces y en qué cantidades. Mi frustración empezó ya desde el inicio del curso, y no solo porque al ser vegana quisiera sustituir los ingredientes de origen animal, sino precisamente porque me echaba las manos a la cabeza cada vez que hacíamos una receta y los sacos de azúcar refinado se vaciaban en segundos. Para mejorar en mis estudios, necesitaba probar todo lo que horneaba, pero me sentía tan culpable y disfrutaba tan poco de todo el trabajo realizado que al final del día prefería regalar a mis compañeros los postres que yo había hecho para que los disfrutasen ellos y yo no probar nada.

El azúcar blanco es vegano, como lo son los aceites vegetales o las harinas refinadas, pero aun así yo sabía que todo eso y en esas cantidades era lo último que quería meterme en el cuerpo y que debía de haber alguna manera de poder disfrutar de todos esos deliciosos dulces eliminando el sentimiento de culpa.

Como casi siempre ocurre, tuve la gran suerte de dar con un profesor diferente. El chef Eddy Van Damme (coautor de una de las biblias de la pastelería titulada *On Baking*) me invitó a dejar de quejarme y a buscar alternativas. El mejor recuerdo que tengo de él es cuando un día en clase, después de ver como muchos de los alumnos habían almorzado con refrescos, pidió que le acercaran uno. Ante la mirada incrédula de todos, cogió una cuchara medidora y contando en voz alta empezó a echar cucharadas de azúcar blanco en un vaso hasta completar los gramos que contenía una lata de Coca-Cola. Cuando lo levantó y se lo enseñó a todo el mundo, se inició un debate en la clase. Los alumnos estaban sorprendidos de que un chef pastelero estuviese preocupado por el contenido de azúcar de un refresco. Para mí fue revelador.

Desde el momento en que mostré interés por reducir las cantidades de azúcar, evitar ingredientes como los huevos y los lácteos o investigar variaciones más sanas de los postres tradicionales, encontré en él a un aliado. En una palabra, me abrió la puerta a experimentar y me dio la libertad de utilizar las instalaciones de la escuela para encontrar lo que fuese que estaba buscando. Nunca podré agradecérselo lo suficiente.

En mi camino por descubrir nuevas alternativas, encontré al chef Matthew Kenney, y sin dudarlo me matriculé en uno de sus cursos de cocina crudivegana, incluso antes de haber acabado mis estudios en la escuela de pastelería. En vez de obligarme a hacer las prácticas horneando dónuts en una pastelería o cafetería, cuando el chef Van Damme se enteró de que quería irme a estudiar cocina vegana, no solo me permitió viajar, sino que me convalidó esos estudios como prácticas profesionales. Después de graduarme como pastelera, cursé todos los niveles posibles en las escuelas de Matthew Kenney en Nueva York y Maine, especializándome como chef crudivegana. Lo recuerdo como uno de los períodos más creativos y emocionantes de mi vida.

En medio de todo este proceso, entró en mi vida Instagram y, aunque empezó siendo simplemente un medio en el que compartir mis experimentos culinarios, acabó siendo un lugar en el que miles de personas estaban interesadas en lo que pasaba en mi cocina. A través de @datesandavocados, pude transformar mi pasión en mi trabajo y convertir mi sueño en realidad.

Todos los elementos anteriores combinados me dieron la confianza para seguir investigando y la posibilidad de conectar con una comunidad repartida por todo el mundo, interesada tanto como yo en la revolución gastronómica que estaba ocurriendo. Me sentí parte de algo realmente grande.

El libro que ahora tienes en tus manos es el resultado de mis últimos cinco años de trabajo. Describe un arco que va desde la primera vez que entré en una clase de pastelería, loca por los dulces como lo sigo estando ahora, con mis primeros intentos frustrados por sustituir los huevos, los lácteos y los azúcares refinados, hasta mi especialización en cocina *plant-based.* Esta evolución me ha permitido acabar el 2019 con la publicación de mi primer libro y creando Aurea, mi propia escuela online de cocina y pastelería.

Primeros pasos

Ingredientes

Déjame que te cuente un poco mi relación personal con los ingredientes. Si en la cocina en general la importancia de comprar ingredientes ecológicos, de temporada y de proximidad es enorme; en el caso de una pastelería más natural y saludable es exactamente igual. Y te lo dice alguien que en algunas recetas utiliza leche de coco tailandés y azúcar de coco procedente de Indonesia. Esto no es blanco o negro: si algo me han enseñado las redes sociales, es que siempre hay quien quiere encontrar imperfecciones y señalar a otros por sus decisiones. Personalmente, aunque he decidido no comer carne y apoyo el no hacerlo, prefiero aplaudir a una persona omnívora que compra sus verduras a un agricultor local o decide viajar en transporte público que a aquella que sigue una dieta vegana, pero tiene dos coches y consume grandes cantidades de plástico. Para señalar las cosas que nos parecen negativas de otros, siempre estamos a tiempo. Yo sufro las mismas contradicciones que todo el mundo e intento tender siempre hacia el mejor escenario posible dentro de mis posibilidades y valores.

Quiero dedicar unas líneas a compartir contigo mi visión personal a la hora de cocinar en mi día a día y el modo en que encaro mi trabajo, y con un poco de suerte es posible que te ayude a tomar tus propias decisiones en base a tu contexto y tus valores. Vamos allá:

Personalmente, evito al máximo ingredientes que han sido procesados o refinados o componentes cuyo nombre requiera más de tres intentos para poder leerlo. En su lugar, intento usar, siempre que sea posible, ingredientes de origen natural y orgánicos, procurando conocer su origen y el proceso por el que han pasado antes de llegar a mis manos.

Del mismo modo evito comprar productos que están preelaborados: bebidas o cremas vegetales, margarinas, sustitutos del huevo, etc. En vez de comprarlos envasados en el supermercado, prefiero hacerlos en casa, controlando los ingredientes que uso, aun sabiendo que me llevará más tiempo y un mayor esfuerzo. Para mí, la recompensa es enorme. Esto no son mandamientos, ni yo recomiendo ser extremista con estas ideas, pero son una buena guía que seguir para decidir cómo relacionarte con la comida, especialmente cuando se trata de comprar ingredientes.

Respecto a la idea de hacer todo desde cero, es lógicamente una decisión personal a la que he llegado después de años. Siempre podrás tomar un atajo y comprar cualquier producto envasado, pero uno de mis objetivos con este libro es inspirarte y darte los recursos para que puedas hacerlo por tu cuenta si así lo decides.

También hay un aspecto cualitativo muy importante: del mismo modo que el sabor y la textura de un *croissant* depende en gran medida de la calidad de la mantequilla utilizada, esta afirmación se hace especialmente cierta en una pastelería que se basa en el uso de ingredientes naturales. Si en una tarta en particular utilizas fruta que ha viajado 10.000 km en una cámara frigorífica hasta llegar a la estantería del supermercado, en vez de una que sea de temporada y comprada directamente del agricultor de tu localidad, obviamente el resultado va a ser muy diferente.

Habrás oído muchas veces que la calidad de los ingredientes es lo que diferencia a un plato bueno de uno espectacular e inolvidable, y esto se aplica sin duda al mundo de la pastelería, especialmente si queremos reducir el uso de ingredientes procesados.

A diferencia de la pastelería tradicional, en la que nadie se cuestiona el uso de ingentes cantidades de azúcar, huevos, mantequilla y harinas refinadas, en la pastelería vegana se utilizan muchos frutos secos para conseguir texturas que de otra manera serían imposibles. Intolerancias aparte, hay quien considera este tipo de pastelería poco saludable debido al elevado uso de estos frutos. Es importante aclarar que el abuso de la mayoría de ingredientes (y de casi cualquier cosa en la vida) suele ser perjudicial, incluidos aquellos que son tremendamente nutritivos para nuestro organismo. La ciencia ha demostrado los beneficios del consumo regular de frutos secos, pero si te excedes en las cantidades al final pueden jugar en tu contra. En mi caso, por ejemplo, verás que la porción de una tarta crudivegana puede contener unos 50 g de frutos secos. A no ser que tu intención sea comerte la tarta entera, una porción no puede hacer más que ofrecerte beneficios.

La mejor opción es siempre coger una receta, entender cómo funcionan sus componentes y cuál es su objetivo, de modo que puedas adaptarla a tus gustos y a los productos disponibles en tu zona y a aquellos que te sienten mejor. Decidas lo que decidas, consumir productos orgánicos, de proximidad y en temporada será siempre una buena elección. Y ahora es mi turno para ayudarte a usarlos de la mejor manera posible.

Frutos secos

De la enorme oferta de frutos secos disponibles en el mercado, a continuación te explico cuáles son los que más utilizo en mis postres y por qué:

Anacardos: son el ingrediente clave en la elaboración de la mayoría de las cremas de postres crudos. Son tremendamente versátiles gracias a su:

- *Textura: permiten obtener mezclas supercremosas, consiguiendo texturas muy similares al queso. Por ejemplo, en tartas tipo* cheesecake.
- *Sabor neutro: combinan bien con cualquier ingrediente ya que no tienen un sabor intenso que enmascare el resto de sabores. Por este motivo, funcionan tan bien en recetas dulces como saladas.*
- *Color claro: imprescindible cuando queremos que el color final sea lo más blanco posible (por ejemplo, en recetas de limón o chocolate blanco).*

Almendras: la mayoría de las veces las utilizo crudas y con piel para elaborar leche y la base de muchas tartas. Pulverizadas, son perfectas como harina en postres horneados sin gluten. Para hacer ricota, en cambio, utilizo almendras sin piel, ya que quiero que el producto final sea lo más blanco posible, además de eliminar el amargor de la piel, que afectaría al sabor final de la ricota. Mis preferidas son las almendras Marcona que producimos en España.

Avellanas: especialmente las utilizo en postres con chocolate, normalmente tostadas y sin piel para que sean crujientes y se acentúe su sabor y aroma.

Nueces de macadamia: de sabor delicado y textura mantecosa, me aficioné a ellas cuando estuve en Australia, de donde proviene la mayor parte de su producción. Las uso sobre todo en la base de postres crudos, además de para hacer leche y mantequilla.

Nueces de Brasil: tienen un sabor terroso muy particular que a mí me gusta especialmente en postres de café. No son fáciles de encontrar y su precio es bastante elevado, por lo que prácticamente no las uso.

Nueces: un poco secas y ligeramente amargas, me gusta añadirlas como elemento crujiente en postres horneados.

Nueces pecanas: uno de mis frutos secos favoritos, especialmente cuando están tostadas. Tienen un sabor más dulce y suave que las nueces comunes y combinan a la perfección con caramelo, *toffee,* dulce de leche... Me encantan tanto en postres crudos como horneados.

Cacahuetes: aunque técnicamente son una legumbre, se consideran un fruto seco. Tienen un elevado contenido en proteína y están buenísimos tostados y en combinación con caramelo y *tahini.*

Pistachos: uno de los frutos secos con más fibra y vitaminas, son muy típicos de la cocina mediterránea y un imprescindible en la de Oriente Medio. Su sabor es único y son el perfecto complemento de prácticamente cualquier postre, por lo que es difícil elegir con qué ingredientes van mejor. Me gustan especialmente con higos, naranja y cardamomo o con agua de rosas.

Verás que en muchas recetas uso frutos secos previamente remojados. El tiempo mínimo recomendado son 6 horas, pero te aconsejo que para que te resulte más fácil, los dejes en remojo en el frigorífico durante la noche anterior.

Semillas

Cáñamo: considerado un superalimento, contiene todos los aminoácidos que el cuerpo necesita y un alto contenido en proteínas, que resultan ser las más fáciles de digerir por nuestro organismo.

Utilizo estas semillas principalmente para hacer leche (no necesitan estar previamente en remojo) y en *smoothies* o bases de tartas crudas (cuando quiero evitar o reducir la cantidad de frutos secos).

Lino: consideradas otro superalimento gracias a su elevado contenido en ácidos grasos omega 3, es uno de esos ingredientes que deberíamos incluir en nuestra dieta. Molidas y mezcladas con un líquido, son perfectas para sustituir al huevo en postres horneados que necesitan un componente aglutinante (por ejemplo, en bizcochos o tartas sin gluten).

Chía: junto con las de lino, estas semillas son el alimento vegetal más rico en omega 3 y son el sustituto perfecto del huevo en postres horneados. También las uso para hacer púdines y espesar mermeladas crudas.

Las semillas de lino y las de chía, una vez molidas, deben guardarse en el frigorífico para que no se deterioren y conserven sus propiedades.

Sésamo: las uso principalmente en forma de *tahini,* ya sea en postres horneados o crudos. Las semillas tostadas me gusta usarlas especialmente para decorar tabletas o confecciones de chocolate, ya que aportan un toque crujiente.

Girasol: son una muy buena alternativa a los frutos secos, ya que son las semillas con las que se pueden obtener texturas más cremosas. Puedes usarlas tanto en forma de mantequilla como añadiéndolas directamente en rellenos de tartas crudas.

Calabaza: igual que las semillas de girasol, son una gran alternativa a los frutos secos. Tienen un gran valor nutricional y un sabor dulce que hace que sean perfectas en postres horneados y en la base de tartas crudas.

Azúcares y edulcorantes

Hace años que declaré la guerra al azúcar blanco y a cualquier edulcorante que haya sido previamente refinado. Jamás lo utilizo, aun a sabiendas de que en algunas elaboraciones los resultados no serán tan «perfectos». Esta es la lista de los únicos edulcorantes que uso y el porqué:

Dátiles: sin lugar a dudas son la forma natural más saludable de endulzar nuestros postres gracias a su elevado contenido en nutrientes, fibra y antioxidantes. De las diferentes variedades disponibles en el mercado, los dátiles Medjool son los más comunes y los que siempre utilizo. Es importante que sean lo más frescos posible, y lo sabrás si su carne es tierna. Para conservarlos bien deben guardarse en un lugar fresco y seco, y en verano, en el frigorífico. Los utilizo en la mayoría de bases para tartas crudas, en caramelos, para endulzar leches vegetales, etc.

Sirope de dátiles: aunque no es tan natural como usar el dátil directamente, es una buena alternativa a los siropes convencionales. De color muy oscuro y con un sabor a caramelo intenso, es perfecto para usarlo como melaza, en postres con gran cantidad de especias o con café. También es ideal con *pancakes* o *crêpes* aunque, como con el resto de edulcorantes líquidos, te aconsejo que lo uses con moderación.

Miel cruda: cuando es cruda, ecológica y sin procesar, tiene muchos antioxidantes y propiedades antibacterianas. El único motivo por el que este no es un libro de pastelería cien por cien vegana es porque utilizo miel en algunas de las recetas, aunque siempre te daré una alternativa para poder sustituirla. En la página 29 te explico con más detalle mis razones para consumir miel.

Sirope de arce: junto con la miel, es el edulcorante líquido que más me gusta. Tiene un sabor acaramelado que combina perfectamente con todo tipo de sabores, desde afrutados hasta de café o chocolate. Asegúrate de que sea puro, ya que muchas veces se vende mezclado con siropes de baja calidad. El sirope de arce se vende en diferentes grados, y aunque su pureza no cambia, sí que lo hace el color. En España no suele haber muchas alternativas, pero es un buen *souvenir* para que te traigas si viajas a Canadá o a Estados Unidos.

Azúcar de coco: con un delicado sabor y aroma de caramelo, es mi alternativa al azúcar refinado granulado, ya que lo uso del mismo modo. Al ser un producto sin refinar tiene el «inconveniente» de tener un color oscuro que puede cambiar el aspecto final de determinados postres. Por ese motivo no lo utilizo en elaboraciones de color claro.

Sirope o néctar de coco: se puede usar del mismo modo que el sirope de arce, aunque es más oscuro, espeso y tiene un sabor mucho más intenso. Es muy dulce, por lo que necesitarás usarlo en menor cantidad.

Harinas

Hay evidencia científica que demuestra los beneficios que aporta el consumo de cereales integrales, por lo que mi primera opción siempre será utilizar harinas procedentes de la molienda de granos o cereales integrales.

Sin embargo, hornear sin gluten y sin huevos puede ser todo un reto. Estos son algunos de los resultados no deseados habituales en tartas o bizcochos sin gluten:

- *Textura «chicletosa» o seca*
- *No mantiene la forma (se hunde una vez que ha salido del horno)*
- *Se desmigaja fácilmente al cortarlo*

¿Cómo evitarlos?

- *Nunca uses un solo tipo de harina. Una de las claves para obtener un buen resultado es una correcta combinación de distintas harinas.*
- *Al no tener gluten, necesitamos un ingrediente que actúe como aglutinante. Uno de los más efectivos es la goma xantana, que aporta elasticidad, pero también sirven los almidones, el puré de manzana, el plátano maduro, la calabaza o el boniato asados, el aquafaba y las semillas de chía o de lino.*
- *Como norma general, hornear sin gluten requiere de la adición de más líquido, mayor tiempo de horneado y una temperatura ligeramente menor.*

Nunca compro harinas premezcladas, ya que me gusta usar diferentes tipos según el postre que vaya a preparar. Aparte de ser más caras que si compras las harinas por separado, muchas de ellas tienen un contenido muy elevado de almidones y algunas ya incluyen el polvo de hornear.

La clave a la hora de decidir qué harinas usar es lograr un equilibrio entre harinas pesadas, medias y almidones. La ratio ideal es utilizar tres cuartas partes de harinas pesadas y medias por una cuarta parte de almidón.

Harinas pesadas: de arroz integral, trigo sarraceno, almendra u otro fruto seco.

Harinas de peso medio: de quinoa, avena, garbanzo, mijo, arroz blanco, *sorghum* (o sorgo)...

Harinas ligeras (almidones o féculas): los más comunes y fáciles de encontrar son el almidón de patata, de maíz, la tapioca y el arrurruz.

Los purés de manzana o plátano ayudan a mejorar la consistencia de elaboraciones sin gluten.

¿Cómo sustituir los huevos a la hora de hornear?

En el mercado hay varias marcas con productos que sustituyen al huevo. No soy partidaria de utilizar este tipo de productos, así que estas son mis alternativas:

Aquafaba: este líquido viscoso, producto de la cocción de los garbanzos, es un ideal sustituto. Preferiblemente compra garbanzos sin sal envasados en bote de cristal en vez de lata. Las equivalencias usadas son las siguientes:

- *3 cucharadas de aquafaba líquido equivalen a 1 huevo entero*
- *2 cucharadas de aquafaba equivalen a 1 clara de huevo*
- *1 cucharada de aquafaba equivale a 1 yema de huevo*

Se puede añadir tal cual en tartas o bizcochos. Aporta proteína y actúa como aglutinante. Yo lo utilizo principalmente montado cuando quiero que el resultado final sea extraesponjoso. Por ejemplo, en el bizcocho de polenta y naranja.

En elaboraciones sin horno, lo uso para conseguir el mismo resultado que tendrían claras de huevo montadas. Por ejemplo, en el tiramisú 2.0.

Semillas de lino o chía: la textura gelatinosa que adquieren cuando entran en contacto con un líquido hace que estas semillas sean una buena opción para sustituir los huevos. Aunque puedes utilizarlas enteras, su propiedad gelificante se potencia cuando se muelen.

La ratio equivalente a 1 huevo es 1 cucharadita de lino en polvo por cada 2 cucharadas y media de agua u otro líquido.

Levaduras

Polvo para hornear: sirve para aumentar el volumen de las preparaciones horneadas, obteniendo un resultado más esponjoso. La proporción adecuada suele ser **1 cucharadita de polvo por cada taza de harina.**

Bicarbonato de sodio: necesita un ingrediente ácido para reaccionar. La proporción es de **½ cucharadita por cada taza de harina.**

Levadura panadera: seca o fresca, se usa principalmente para hacer pan. En este libro solo la utilizo para la receta de *focaccia*.

Levadura nutricional: aunque su nombre lo indique, no es una levadura que se utilice en horneado, ya que no elevará nuestras tartas. Sí que da un sabor muy específico y puede ser una muy buena adición en algunos postres crudos para realzar el sabor a queso. Además, es una fuente exquisita en vitamina B12.

Goma xantana: es muy útil en elaboraciones horneadas sin gluten, ya que ayuda a que sean esponjosas. Se utiliza en cantidades muy pequeñas **(¼ cucharadita por cada taza de harina sin gluten)**.

Aceites y grasas

Al igual que con el aceite de oliva, la manteca de cacao y el aceite y manteca de coco tienen que haber sido obtenidos a partir de la primera prensada en frío para que mantengan todas sus propiedades.

Siempre se utilizan en forma líquida. Para ello se calientan al baño María, teniendo sumo cuidado de no sobrecalentarlos (si se superan los 46 ºC ya no podrán considerarse crudos). En cremas de postres crudos, los aceites deben añadirse al final, con la batidora funcionando a la mínima velocidad, para ayudar a emulsionar la mezcla. También es importante que su temperatura antes de incorporarlos sea similar a la de la mezcla para evitar que el aceite se separe del conjunto.

Estos son mis esenciales

Aceite de coco y manteca de coco virgen extra: principalmente en postres crudos, aunque también en horneados.

Manteca de cacao cruda: la uso en confecciones de chocolate y en postres crudos.

Aceite de oliva virgen extra (AOVE): sin duda mi primera elección en postres horneados.

La **leche de coco** enlatada (con una cantidad mínima de coco del 50 %) es un ingrediente con alto contenido graso que, aunque no puede considerarse crudo, utilizo tanto en recetas *raw* como horneadas.

Evito el uso de aceites vegetales y margarinas industriales (ocasionalmente hago margarina casera si quiero hacer algún postre en el que sea totalmente imprescindible).

Se puede reducir la cantidad de aceite de una receta añadiendo otro componente graso, como puede ser el yogur o el aguacate. Los purés de fruta o verdura también son una buena alternativa, como, por ejemplo, la compota de manzana.

Superalimentos
La lista es gigantesca, pero al final utilizo siempre los mismos. Estos son mis favoritos:

Matcha: significa literalmente «polvo de té» en japonés. Proviene de las hojas de la planta del té verde pulverizadas y contiene un alto nivel de antioxidantes. Me encanta usarlo en mis postres crudos, no solo por el color tan bonito que aporta, sino también ¡por el sabor y sus propiedades!

Lúcuma: esta fruta exótica del Perú es un sustituto ideal del azúcar, especialmente para diabéticos. Puede añadirse directamente al chocolate atemperado y tiene un ligero sabor cítrico y caramelizado.

Maca: también originaria de Perú, tiene un sabor malteado y se puede utilizar de una forma similar a la lúcuma. Es uno de mis superalimentos favoritos.

Mesquite: tiene un sabor intenso a caramelo y combina muy bien con la maca.

Cacao: cuando es puro y sin procesar, el cacao es un superalimento gracias principalmente a su alto contenido en flavonoides que, entre otros beneficios, ayudan a mejorar la capacidad antioxidante y la presión arterial. Además, las vainas de cacao poseen una gran variedad de minerales como potasio, calcio, magnesio y cobre, ayudando enormemente a reducir los riesgos de problemas cardiovasculares.

Utilizo cacao crudo y orgánico en todas sus formas posibles: polvo, pasta (también conocida como licor), *nibs* y manteca.

El chocolate manufacturado ha pasado por un proceso de refinación que reduce la concentración de flavonoides disminuyendo drásticamente sus beneficios. Además, la adición de azúcares refinados hacen del chocolate comercial un producto que ya no contiene las propiedades antioxidantes que contenía el ingrediente original.

Frutas
Prácticamente la totalidad de la fruta que utilizo en mis recetas es fresca, salvo las veces en que necesito usar frutos rojos fuera de temporada, que los compro congelados. Es importante puntualizar que estos frutos son recogidos y congelados en el punto máximo de su maduración, por lo que no estaríamos comprometiendo el sabor y las propiedades de los mismos.

Nunca utilizo fruta en almíbar. Cuando te adentres en el libro, verás que en determinadas recetas horneadas uso puré o compota de manzana, que se puede encontrar fácilmente en tiendas ecológicas y que no contienen otro ingrediente aparte de manzana que ha sido envasada al vacío, sin necesidad de conservantes.

Consejos para aprovechar el exceso de fruta de temporada
Además de congelarla y tenerla lista para usarla cuando la necesito, hay determinadas frutas que me gusta deshidratar:

- *Cítricos: me encanta decorar tartas con rodajas finas de naranja, limón, lima o kumquat.*
- *Frutos rojos: los deshidrato para luego triturarlos y obtener polvo de frambuesa, mora... Aportan un intenso sabor y un toque de color a una gran variedad de postres.*

Coco joven tailandés: merece una especial mención, ya que se produce únicamente en Tailandia y no es fácil de encontrar. Aunque lo utilizo en tres de las recetas de este libro, te doy alternativas para que puedas sustituirlo.

Flores comestibles y hierbas frescas
En cada receta te cuento el tipo de flor con la que he decorado el postre, para que te sirva de inspiración. Hay muchos tipos diferentes y, dependiendo de dónde vivas, pueden ser difíciles de encontrar. Te recomiendo que te informes de los productores de tu zona. Cada vez es más común encontrar pequeñas empresas dedicadas al cultivo de flores comestibles, hierbas y microhierbas para chefs, restaurantes y particulares. Evita comprar flores o hierbas en el supermercado, que vienen en bolsas o paquetes de plástico y están prácticamente sin vida. También puedes plantarlas. Es mi asignatura pendiente y lo primero que haré cuando viva en un lugar estable.

Consejo: para que duren más tiempo, consérvalas en el frigorífico en un recipiente cerrado con papel de cocina humedecido en la base.

Puedes «revivir» las flores que llevan unos días cortadas poniéndolas durante unos minutos en un recipiente con agua y hielo.

Aceites esenciales
Son una increíble forma de potenciar determinados sabores sin modificar la proporción del resto de ingredientes. La diferencia principal entre un aceite esencial y un extracto es que este último suele contener alcohol y/o azúcar añadido.

Es muy importante que uses aceites esenciales orgánicos y que sean comestibles (no todos lo son). Mis favoritos son el de naranja dulce, limón, yuzu y lavanda.

Especias
Al igual que en los platos salados, las especias aportan nuevos sabores a tus postres, en particular las conocidas como cálidas. La diferencia entre añadir media cucharadita de clavo en polvo a unas galletas puede ser definitiva. Aunque ayudan a disminuir la cantidad de azúcar en una receta, hay que utilizarlas con medida, ya que, en exceso, pueden arruinarte el postre.

Especias que más uso en mis postres
Vainilla: indispensable en mis recetas, creo que no exagero si afirmo que todas ellas llevan vainilla en alguno de sus componentes. Aparte de las vainas, hay varias formas de encontrar vainilla en el mercado: en polvo, pasta, extracto o esencia. Asegúrate de que no contienen azúcar añadido. Yo la uso en dos formas:

- ***Vaina:*** *aunque es la más costosa y prácticamente un lujo, sin duda es la mejor forma de utilizar esta especia. El aroma y sabor de sus semillas son incomparables con cualquiera de sus otras formas, por eso siempre utilizo las vainas en postres en los que quiero resaltar el sabor de la vainilla.*

Una vez retiradas las semillas, ¡no te deshagas de las vainas! Puedes guardarlas en un bote de cristal lleno de azúcar de coco para que el azúcar coja su sabor y aroma o también puedes dejarlas secar y después molerlas para obtener vainilla en polvo.

- ***Extracto o esencia:*** *es la forma que utilizo más habitualmente; además de ser mucho más económica, poca cantidad es suficiente cuando el sabor del postre no es estrictamente de vainilla. Siempre me aseguro de que sea puro, orgánico, y que no lleve ningún azúcar o sirope añadido. Normalmente, llevan alcohol, pero también puede encontrarse sin alcohol.*

Además del de vainilla, en el mercado hay otros extractos que ayudan a potenciar los sabores (almendra, café, limón...), aunque yo solo utilizo el de vainilla.

Especias cálidas
Mis favoritas en postres son la canela (siempre de Ceilán), el cardamomo, el jengibre, el clavo y la nuez moscada.

Mi consejo: ¡experimenta! Hubo una época en la que me propuse probar una especia nueva cada día, y, aparte de algún que otro desastre culinario, obtuve agradables sorpresas. Especias que normalmente se usan en platos salados pueden ser muy interesantes en elaboraciones dulces. Prueba a añadir pimienta rosa en un postre de fresa, zumaque en uno de cerezas, o chile en el chocolate negro.

Equilibrio de sabores
Si algo aprendí en la escuela de pastelería es la importancia de añadir una buena pizca de sal en todos los postres para potenciar los sabores. La sal, además de resaltar el dulce, reduce el nivel de amargor. Te alegrará saber que lo enmascara de manera mucho más efectiva que el azúcar, así que, para equilibrar un postre amargo, en vez de más azúcar, añade una pizca de sal y prueba de nuevo.

El mejor consejo que te puedo dar es que cuando estés haciendo un postre lo pruebes tantas veces como sea necesario hasta que des con el sabor que estás buscando, y si lo primero que te viene a la cabeza es que le falta azúcar, pruebes primero añadiendo una pizca extra de sal.

En todas las recetas utilizo sal rosa del Himalaya porque tiene una composición mineral muy rica, pero cuando quiero aportar un toque crujiente opto por las escamas de sal Maldon.

¡Siempre añade una pizca de sal!

A propósito de la miel...
En varias recetas de este libro utilizo miel, pero cuando lo hago, siempre te propongo el sustituto vegano más adecuado. Siendo un libro plagado de postres sin ingredientes de origen animal, creo que la introducción puntual de miel merece un comentario aparte.

Después de años siendo vegana, en un viaje por la Toscana descubrí un lugar llamado Fattoria La Vialla. Este negocio familiar es una granja biodinámica, con un terreno de más de diez mil hectáreas, donde los dueños, la familia Lo Franco, cultivan y elaboran una gran variedad de productos orgánicos. Con el tiempo, y a fuerza de pasar allí temporadas, interactuar con sus trabajadores, disfrutar de la naturaleza y de sus comidas al aire libre, me acogieron como una más, convirtiéndose en uno de mis refugios y lugares favoritos del mundo. La *fattoria* tiene su propia y pequeña producción de miel.

En La Vialla, las abejas siguen su propio ciclo de producción natural de miel. Solo se recolecta tres meses al año, y únicamente cuando hay abundancia de miel, de modo que se extrae cuando el panal tiene más que suficiente para su propio mantenimiento. Además de ayudar a las abejas ofreciéndoles una cuidada variedad de flores y frutos de los campos, en la *fattoria* se les da total libertad de maniobra, de modo que no se interviene artificialmente ni se manipula genéticamente la colmena para aumentar la producción, siguiendo las estrictas directrices Demeter para la apicultura biodinámica.

Conocer de primera mano el trabajo de Umberto, su apicultor, su amor por las abejas y el escenario que ha creado para que puedan mantener su ciclo natural de vida me hizo replantearme mis ideas acerca del consumo de miel. Obviamente, esto pierde sentido si voy al supermercado y compro el primer bote de miel que encuentre.

No estoy a favor del consumo de miel que ha sido producida industrialmente, motivo por el cual no compro el 98 % de las mieles disponibles en el mercado. Solo utilizo miel cruda, sostenible, ecológica, libre de maltrato y producida de un modo consciente.

Afortunadamente, La Vialla no es una excepción: cada vez más apicultores de todo el mundo apuestan por una producción de miel sostenible y respetuosa con el ciclo natural de las abejas.

Conocer la procedencia de los ingredientes que compramos y cómo han sido obtenidos es una gran responsabilidad que todos nosotros debemos tener como consumidores.

Equipo, utensilios y accesorios

En esta sección te explico el equipo y los utensilios esenciales para desarrollar las recetas de este libro y que, sin duda, te van a hacer la vida mucho más sencilla.

No necesitas tenerlos todos, pero sí es interesante que los conozcas para que luego elijas los que más te convengan.

Batidora de alta velocidad
Comúnmente conocida como *high-speed blender*, este es el aparato que más utilizo y en el que primero te recomendaré invertir. No te voy a engañar, supone una buena inversión de dinero, especialmente si quieres hacerte con un producto de buena calidad, pero te aseguro que lo vas a amortizar y que no te arrepentirás de haberlo comprado. Sirve para batir y triturar cualquier tipo de preparación, tanto dulce como salada, consiguiendo texturas ultracremosas y suaves.

Hay una gran variedad de modelos en el mercado, así que seguro que encuentras el que mejor se adapta a tus necesidades y presupuesto.

Después de probar varias marcas, mi elección personal es Blendtec, una de las mejores del mercado y que mejor resultado me ha dado.

<u>Usos</u>

- *Leches vegetales*
- *Rellenos para tartas crudas*
- *Helados*
- *Quesos veganos*
- *Todo tipo de purés, salsas, cremas, sopas...*

Procesador de alimentos
Otro indispensable en mi cocina, es muy versátil e ideal para pulverizar ingredientes secos o triturar mezclas espesas que prácticamente no tienen líquido. Para elaboraciones caseras, suele ser más que suficiente con un procesador de alimentos pequeño, especialmente cuando las cantidades que se necesitan triturar no son muy grandes.

Usos
- *Harinas y mantequillas de frutos secos y semillas*
- *Bases para todas las tartas crudas*
- *Picar o triturar todo tipo de verduras o frutas*
- *Pestos y salsas espesas*

Moldes
A continuación te doy una lista de los moldes que uso más a menudo:

1. **Moldes de silicona:** después de haber probado todo tipo de moldes, estos son los que más utilizo para casi cualquier elaboración. Son ligeros, fáciles de limpiar y almacenar, y tienen la ventaja de ser antiadherentes y, por lo tanto, muy fáciles de desmoldar.

   Los utilizo tanto para confecciones crudas (tartas, tabletas de chocolate, helados...) como para postres horneados. Mi marca favorita es Silikomart. La descubrí en la escuela de pastelería y desde entonces no he usado otra. Tienen muchísimos tipos de moldes con infinitas formas y tamaños para cualquier ocasión.

2. **Moldes metálicos:** normalmente, los uso para hornear bases de tartas y tartaletas cuyo resultado tiene que ser crujiente. También existen moldes para tartas cuya base es desmontable y son asimismo útiles para hacer tartas crudas. En este caso, te recomiendo que siempre forres la base con papel de hornear para desmoldar fácilmente tus tartas y que no se te rompan.

   Los anillos metálicos son otra buena opción para hacer tartas crudas de diferentes tamaños.

3. **Moldes de policarbonato:** si quieres adentrarte en el apasionante mundo del chocolate, necesitarás hacerte con al menos uno de estos moldes, indispensables para la elaboración de bombones con un acabado brillante. Es importante cuidarlos bien para que no se rallen, lavándolos con un jabón neutro y esponja suave o incluso simplemente pasando un algodón para eliminar los restos de chocolate.

Deshidratador
Es el equivalente al horno en elaboraciones crudas, en las que no se superan los 45-46 ºC, con el fin de mantener al máximo los nutrientes de ciertos alimentos. A través de un ventilador interno, los alimentos se secan lentamente y el resultado es un producto final de sabor mucho más intenso y concentrado.

La diferencia esencial con un horno está en la temperatura que puede alcanzar, normalmente no superior a los 75 ºC. Es útil hacerse con un juego de láminas antiadherentes que permitan deshidratar mezclas líquidas o pegajosas.

Para elaborar las recetas de este libro no necesitas un deshidratador. En los casos en los que lo utilizo, como alternativa siempre puedes usar el horno a la temperatura más baja e incluso apagado y con la luz encendida.

Usos
- *Secar frutas y verduras*
- *Activar frutos secos y semillas*
- *Fermentación y maduración de quesos y yogures en un ambiente controlado*
- *Para cocinar cualquier tipo de elaboración dulce o salada por debajo de los 46 ºC*

Batidora de varillas (de mano o eléctrica)
Si no tienes un robot de cocina (únicamente necesario si haces pan en casa regularmente o si necesitas amasar, batir o montar cantidades grandes), con una batidora de varillas tienes más que suficiente.

Para merengues y cremas montadas, te recomiendo una batidora de varillas eléctrica, con la que ahorrarás tiempo y esfuerzo.

Usos
- *Montar aquafaba (a punto de nieve o de turrón)*
- *Montar cremas*
- *Mezclar masas*

Heladera
Aunque no es indispensable, los helados hechos en casa tendrán un acabado muy diferente si usas una heladera a si congelas la mezcla directamente después de batirla.

La heladera enfría la mezcla progresivamente, incorporando aire y haciendo que la textura final sea suave y no un bloque de hielo. Las hay muy baratas y que ocupan poco espacio, así que si eres fan de los helados te recomiendo que te hagas con una.

Tazas y cucharas medidoras
Pocas cosas te van a hacer la vida más fácil en la cocina como tener un juego de tazas y de cucharas medidoras. Son una de las formas más comunes de medir los ingredientes y la que yo uso en todas mis recetas.

A continuación te dejo una tabla con las conversiones y la nomenclatura que uso para que puedas interpretar bien cada una de las recetas.

1 taza equivale normalmente a 240 g (aunque dependiendo del ingrediente, el peso variará).

1 C = 1 cucharada ≈ 15 g
1 c = 1 cucharadita ≈ 5 g

Equivalencias útiles
1 C = 3 c
1/4 taza = 4 C
1/3 taza = 5 C + 1 c

Las harinas normalmente las mido en gramos, ya que cada tipo tiene un peso diferente y así puedo ser más precisa a la hora de crear una receta. Para los ingredientes líquidos, en cambio, suelo dar las medidas en tazas. Si las cantidades son pequeñas, tanto con ingredientes líquidos como secos, siempre uso las cucharas medidoras.

Báscula
Indispensable en cualquier cocina, tendrás suficiente con una báscula que mida hasta 500 g con una precisión de gramo.

Espátulas
En pastelería te recomiendo que utilices siempre espátulas de silicona, preferiblemente flexibles para poder rebañar bien el contenido de jarras y boles.

Para esparcir cremas de manera uniforme, es muy útil tener una espátula de codo pequeña o mediana. Para chocolates y masas, un rascador o cortador de masa ayuda a mantener tu espacio limpio y a manipular masas de forma fácil.

Boles
Seguro que tienes una buena colección de varios tamaños en casa. Te aconsejo que, aparte de los comunes de metal o cerámica, tengas alguno de cristal o silicona.

Bolsas de tela para filtrar
Indispensables para hacer leches vegetales, normalmente están hechas de nailon y tienen una rejilla muy fina. Son baratas, fáciles de usar y limpiar, pero como alternativa también puedes usar tela para hacer queso o muselina (siempre asegurándote de que sea de algodón orgánico sin blanquear).

Usos
- *Leches vegetales*
- *Labneh*
- *Quesos tipo ricota*

Colador fino y chino
Un colador de malla pequeña es indispensable para tamizar harinas. Para colar mezclas finas se utiliza un chino, pero también puedes usar la bolsa de tela para hacer leche vegetal.

Mangas de pastelería y boquillas
Aunque tengo más de 40 boquillas diferentes, lo cierto es que al final siempre acabo usando las mismas. A no ser que quieras hacer decoraciones especiales para tartas o *cupcakes,* no necesitarás muchas. Las boquillas de estrella son mis favoritas.

Respecto a las mangas, te animo a que compres reutilizables. Se lavan fácilmente y así disminuirás tu consumo de plástico.

Te recomiendo que adquieras un cepillo limpia boquillas y un acoplador para que puedas intercambiar las boquillas usando la misma manga pastelera.

Papel vegetal
Además de para hornear, lo usarás para forrar moldes, pues así te será más fácil el desmoldado de tus elaboraciones tanto horneadas como crudas.

Termómetro de cocina
Te recomiendo que te hagas con un termómetro digital con sonda. Lo necesitarás para atemperar chocolate, para hacer ricota vegetal y en preparaciones que requieran agar agar.

Recipientes de cristal herméticos
Tengo una gran colección de botes de cristal para conservar los alimentos. Desde ingredientes secos que se conservan a temperatura ambiente en la despensa, hasta leches vegetales o mermeladas que se guardan en el frigorífico. Prolongarás su duración mucho más tiempo si los guardas en botes de cristal con cierre hermético. Los tarros de la marca Weck son mis preferidos, que además cuentan con todos los tamaños y formas que te puedas imaginar.

Cerámicas artesanales
Quienes me siguen en Instagram conocen mi obsesión por la cerámica artesanal, y es que es el complemento indispensable para presentar mis postres. La comida entra por los ojos y el plato donde se sirve, para mí, es casi tan importante como la presentación de la misma.

A lo largo de este libro te muestro algunas de mis piezas favoritas, y si te interesa conocer a las artistas que las han creado, solo tienes que echar un vistazo a la sección de agradecimientos en la última página de este libro, donde hago referencia a todas ellas.

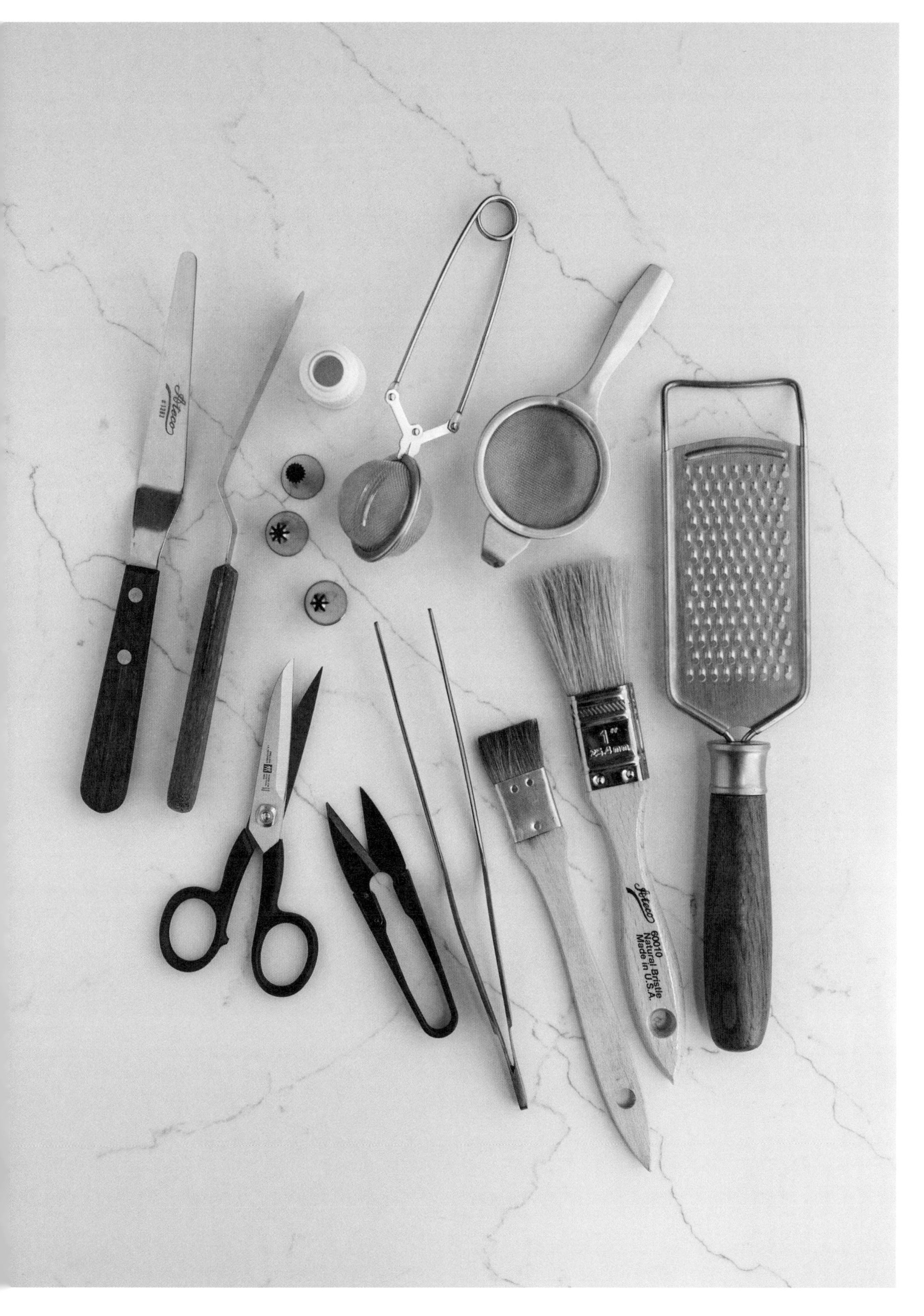
Ateco
1"
25.4 mm
Ateco
60010
Natural Bristle
Made in U.S.A.

Empieza por los básicos

Leche y crema vegetal

Durante los últimos años las leches vegetales están cobrando cada vez más fuerza, solo hay que ver la abundante oferta en las estanterías de todos los supermercados. Pero lo cierto es que no pueden compararse con el sabor y los beneficios de la leche vegetal hecha en casa. Por un lado, la mayoría contienen una cantidad muy pequeña de frutos secos, y por otro, a muchas les añaden azúcares, aceites vegetales y otros ingredientes para mejorar su textura y alargar su conservación.

Cuando vivía en China, salir a tomar un café era una aventura. Aprendí a llevarme mi leche de casa porque si tenían alguna opción solía ser de soja y, normalmente, con una tonelada de azúcar añadido. Aprendiendo a hacer leche vegetal a tu gusto no solo tendrás un básico para hacer el 80 % de la recetas de este libro, sino que serás libre de la tiranía de las leches industriales. En China, mi leche *to go* siempre era de almendras, endulzada con dos dátiles y con media cucharadita de vainilla y maca. ¡Pruébala con tu café y me cuentas!

Aprendiendo a hacer leche vegetal a tu gusto no solo tendrás un básico para hacer el 80 % de la recetas de este libro, sino que serás libre de la tiranía de las leches industriales.

Ingredientes para unos 800 ml de leche.

1 taza de frutos secos o semillas remojados la noche anterior

3 tazas de agua filtrada

Pizca de sal rosa

1. Mide una taza de frutos secos, añádelos a un recipiente y cúbrelos bien con agua. Guárdalo bien cerrado en el frigorífico durante un mínimo de 6 horas (es más fácil si lo dejas toda la noche).

2. A la mañana siguiente, y con la ayuda de un colador, aclara y escurre bien los frutos secos bajo el grifo.

3. Ponlos en la jarra de tu batidora junto con 3 tazas de agua y una pizca de sal.

4. Bate durante unos 45-60 segundos hasta que no queden trocitos de frutos secos sin triturar.

5. Sobre un bol grande coloca una bolsa para leche vegetal y vierte el contenido de la jarra. Cierra bien la bolsa para que no se salga el líquido y escurre la leche haciendo presión con las manos desde arriba hacia abajo hasta que no quede nada de líquido.

6. Vierte la leche en una botella de cristal (preferiblemente con tapa hermética para que se conserve mejor) y guárdala en el frigorífico.

Nota

Esta es la receta base que utilizo en la mayoría de los postres, siguiendo una proporción 3:1 (el triple de agua que de frutos secos o semillas). Cuando quiero que sea más cremosa, el ratio que uso es 2:1 (dos tazas de agua por cada taza de frutos secos). ***En estos casos, la llamaré crema, en vez de leche.***

En todas las recetas que encontrarás a lo largo del libro, las leches y cremas vegetales que utilizo son siempre caseras, a excepción de la leche de coco.

Conservación

Se conserva en el frigorífico durante 3 días. Si le añades 1 cucharadita de zumo de limón puedes extender su conservación hasta 5 días.

Consejo

Endulza tus leches de manera natural añadiendo 1 o 2 dátiles en la batidora.

Aunque la leche de almendras es la más común, te sorprenderá la amplia variedad de leches que puedes hacer con otros frutos secos. La de avellanas y la de nueces de macadamia son dos de mis favoritas, y la de nueces de Brasil tiene un sabor muy delicado, que particularmente me encanta en postres con café.

Como alternativa a los frutos secos, además de la leche de avena, prueba con semillas de calabaza o cáñamo (estas últimas, además, no hace falta ponerlas en remojo).

Truco

Ten en cuenta que los frutos secos, una vez remojados, aumentan de tamaño. Si has medido una taza de frutos secos antes de remojar, verás que al día siguiente ocupan un poco más de una taza. El motivo es que los frutos secos han absorbido parte del agua y han incrementado su volumen.

La diferencia entre la leche que obtendrás si has medido la taza de frutos secos antes o después de remojarlos es prácticamente imperceptible, así que no te preocupes por esto. Lo que yo hago es siempre medir un poco menos de una taza, así me aseguro que al día siguiente, una vez remojados, tendré una taza.

Mantequilla de frutos secos y semillas

Si las leches vegetales son muchísimo mejores cuando son caseras, con las mantequillas de frutos secos pasa exactamente igual. Nos hemos acostumbrado a comprarlas (de cacahuete, de almendra...), pero son facilísimas de hacer ¡además de ser mucho más económicas!

Puedes hacer mantequilla a partir de cualquier fruto seco o semilla, crudo o tostado (dependiendo de tus preferencias), e incluso mezclando varios. Solo necesitarás un procesador de alimentos y un poco de paciencia, ya que requieren de tiempo para soltar sus aceites naturales y conseguir una consistencia ultracremosa.

Aparte de las básicas, puedes experimentar añadiendo especias como la canela o el clavo o superalimentos como el cacao o la maca.

Puedes hacer mantequilla a partir de cualquier fruto seco o semilla, crudo o tostado, e incluso mezclando varios.

Ingredientes para unos 300 g de mantequilla (dependiendo del tipo de fruto seco o semilla).

2 tazas de frutos secos o semillas de tu elección

1-2 c de aceite de coco virgen extra derretido (opcional)

Una pizca generosa de sal rosa

1. Precalienta el horno a 180 °C (160 °C con la función ventilador) y hornea los frutos secos o semillas durante unos 10-15 minutos hasta que estén dorados.

2. Inmediatamente, agrégalos en la jarra del procesador de alimentos junto con la sal y empieza a triturar hasta que se conviertan en harina.

3. Sigue triturando hasta que poco a poco empiecen a adquirir una textura de mantequilla. De vez en cuando rebaña las paredes de la jarra con una espátula.

4. Si ves que el procesador tiene dificultad para triturar, añade 1 cucharadita de aceite de coco.

5. Continúa triturando durante 1 minuto y deja reposar 5 minutos para que los aceites naturales que contienen los frutos secos y las semillas vayan saliendo y la mezcla sea cada vez más cremosa.

6. Repite el proceso dos o tres veces hasta que obtengas la textura que estás buscando. Si lo necesitas, añade más aceite.

7. Una vez que tu mantequilla esté lista, viértela en un recipiente de cristal hermético etiquetado con el nombre y la fecha.

Nota

Para la versión sin tostar, el proceso es exactamente el mismo; simplemente necesitarás dedicarle más tiempo para conseguir una textura cremosa. También es posible que tengas que añadir un poco más de aceite.

Conservación

Se conservan en un recipiente de cristal herméticamente cerrado en un lugar fresco y seco durante 2 meses. En verano es recomendable guardarlas en el frigorífico.

Consejo

Cuanto mayor sea la potencia de tu procesador de alimentos, más rápido será el proceso y menos aceite añadido se precisará.

También puedes utilizar la batidora, aunque te recomiendo que esta sea una *high-speed blender.*

Truco

Los frutos secos que contienen más aceites no necesitan ser tostados ni aceite para obtener una textura ultracremosa. El ejemplo más claro son las nueces de macadamia.

Ricota de almendras

Si de todos los quesos veganos que he aprendido a hacer tuviese que quedarme solo con uno, sin duda sería con esta ricota. Con tan solo tres ingredientes, sin contar el agua y la sal, y siguiendo unos pasos bien sencillos, el resultado final tiene un sabor y textura extraordinariamente parecidos a la original. A diferencia de la mayoría de recetas para ricota vegana que encontrarás en internet, esta no está hecha con tofu ni tiene hierbas o especias para saborizarla. Con una base de almendras y utilizando vinagre de sidra de manzana o *nigari* como coagulante, en esta receta sigo el mismo método que se usa para hacer la ricota tradicional.

Además, es tremendamente versátil. Yo la empleo para acompañar infinidad de postres (en vez de usar cremas o natas montadas), pero también con fruta, en ensaladas, para rellenar raviolis caseros, etc. En definitiva, puedes usarla en cualquier plato en el que precises un queso blando o fresco. ¿Necesitas más motivos para convencerte?

Si de todos los quesos veganos que he aprendido a hacer tuviese que quedarme solo con uno, sin duda sería con esta ricota.

Ingredientes para
1 ricota de unos 300 g.

2 tazas de almendras crudas
4 tazas de agua filtrada
2 C de vinagre de sidra de manzana (o 2 c de *nigari)*
2 tiras de la cáscara de un limón orgánico
Pizca generosa de sal rosa

1. Empieza poniendo en remojo las almendras dejándolas en el frigorífico un mínimo de 6 horas o durante toda la noche.

2. Pasadas las horas, aclara bien con abundante agua. Si las almendras tienen piel, te recomiendo que las blanquees para pelarlas más fácilmente (ver nota).

3. Una vez peladas, tritura las almendras con el doble de cantidad de agua y una pizca de sal.

4. Siguiendo el mismo procedimiento que para hacer leche, filtra la crema a través de una bolsa para filtrado.

5. Vierte la crema de almendras en una cazuela y cocina a fuego medio, removiendo de vez en cuando con una espátula de silicona o una cuchara de madera y controlando la temperatura con un termómetro de cocina.

6. Pasados unos 10 minutos, verás que en la superficie empieza a formarse una capa de espuma. No remuevas más y espera a que el termómetro marque los 90 °C.

7. En ese momento apaga el fuego, añade el vinagre de manzana o el *nigari* (ver nota) junto con la cáscara de limón y mezcla con dos o tres movimientos muy ligeros de espátula. No remuevas más porque impedirás que la mezcla se coagule.

8. Deja que repose en la cazuela durante un mínimo de 1 hora hasta que baje a temperatura ambiente y haya coagulado bien.

9. El siguiente paso será drenar el suero, para lo que necesitarás formar una especie de saquito con la bolsa de tela con la que previamente has filtrado la crema. Para ello, colócala sobre un recipiente alto (es útil usar la jarra de la batidora). Sujeta la bolsa con pinzas o con una goma para que aguante bien el peso de la ricota.

10. Retira la cáscara del limón y vierte la ricota sobre la bolsa de tela.

11. Es importante que la bolsa nunca esté en contacto con el suero que va cayendo sobre la base del recipiente.

12. Deja que drene durante unas 2-3 horas (hasta que ya no caiga más líquido) y a continuación vuelca el contenido de la bolsa en un molde especial para ricota.

13. Guarda en el frigorífico (preferiblemente durante toda la noche); al día siguiente solo tienes que darle la vuelta sobre un plato, retirar el molde y servir como más te guste.

Nota

Para pelar las almendras, blanquéalas poniendo a hervir una olla con agua y dejando las almendras durante 1 minuto dentro del agua. Pásalas a un bol con agua y hielo y retira la piel fácilmente frotándolas una a una entre los dedos pulgar e índice.

Como coagulantes, puedes utilizar vinagre de manzana o nigari. *Este último es cloruro de magnesio, que se obtiene de forma natural a partir de cristales de sal marina y se usa principalmente para elaborar tofu. Ambas opciones dan buenos resultados, con la única diferencia de que el* nigari *favorece que la ricota sea un poco más compacta. Cada cucharadita de* nigari *equivale a una cucharada de vinagre.*

Conservación

La ricota se conserva en el frigorífico durante 2 semanas.

Consejo

Aunque no es estrictamente necesario, te recomiendo que te hagas con un molde especial para ricota. Son baratos, muy fáciles de conseguir *online* y dejarás con la boca abierta a tus invitados.

Truco

En vez de almendras, puedes usar anacardos y el resultado es una ricota supercremosa y delicada. Además, no necesitas pelarlos y la crema no requiere filtrado, por lo que es una opción mucho más rápida.

Limones preservados

¿Has oído hablar del quinto sabor? Creo que la primera vez que realmente entendí lo que era el *umami* fue cuando probé el limón preservado. *Umami* significa «sabroso» en japonés y es una característica que poseen, entre otros, los alimentos fermentados. La principal función de estos ingredientes es potenciar el resto de los sabores y convertir un plato bueno en uno inexplicablemente espectacular.

El limón preservado es uno de esos ingredientes mágicos. Aunque lo común es utilizarlo en platos salados, el día que se me ocurrió añadírselo a una tarta de limón a la que le «faltaba algo» fue toda una revelación.

Me ha parecido una buen idea compartir contigo la receta de este básico de la cocina marroquí que, desde que lo descubrí, no ha faltado en mi despensa. Quizá ya estás familiarizado con él, pero si no es así, espero que te sirva para hacer que tus platos brillen un poco más y que te atrevas a probarlo en alguno de los postres que te propongo.

Creo que la primera vez que realmente entendí lo que era el umami fue cuando probé el limón preservado.

Receta para preservar 6-8 limones grandes.

6-8 limones orgánicos y sin encerar

Abundante sal rosa

Zumo de limón (si es necesario)

1. Empieza esterilizando el tarro de cristal donde vas a preservar tus limones. Para ello pon una cazuela grande con agua a hervir e introduce tanto el bote como la tapa previamente lavados y aclarados en el agua hirviendo durante unos 10 minutos.

2. Sácalos de la cazuela con unas pinzas de metal grandes y colócalos boca abajo sobre un trapo limpio para que se sequen.

3. Mientras tanto, lava bien los limones y sécalos con un trapo limpio.

4. Córtales ligeramente las puntas y apóyalos en posición vertical sobre una tabla de cortar. Haz cuatro cortes transversales sin llegar a cortar la base, de manera que el limón no se rompa.

5. Llena el interior de los limones con abundante sal (una cucharada por limón aproximadamente) y ve introduciéndolos uno a uno en el tarro, haciendo presión para que suelten su jugo. Te recomiendo que hagas esto sobre un bol o plato hondo de manera que puedas aprovechar el zumo y la sal que se salgan e introducirlos con el resto de los limones.

6. Agrega todos los limones hasta llenar el recipiente y presiona con las manos haciendo toda la fuerza que puedas para que se aplasten lo máximo posible y no queden burbujas de aire en el interior.

7. Es importante que todos los limones queden totalmente sumergidos con su jugo, así que, si la superficie queda sin cubrir, añade tanto zumo de limón como sea necesario hasta cubrirlos completamente, junto con una cucharada extra de sal.

8. Cierra el tarro, agítalo unas cuantas veces para asegurarte de que la sal se distribuye bien, ábrelo y vuelve a aplastar firmemente los limones contra el fondo, para que queden de nuevo bien cubiertos con el líquido.

9. Vuelve a cerrar y etiqueta con la fecha en la que los has elaborado.

10. Ahora toca armarse de paciencia y esperar a que el proceso mágico de la fermentación ocurra. Guarda el tarro a temperatura ambiente, en un lugar seco y oscuro y olvídate de él durante un mínimo de 4 semanas. Puedes agitarlo de vez en cuando para redistribuir la sal y durante los primeros días asegúrate de que siguen totalmente cubiertos de líquido (si no es así, abre el tarro y vuelve a presionar los limones).

11. Pasado este tiempo, la piel de los limones ya estará blanda y lista para usar, pero ten en cuenta que cuanto más tiempo los dejes fermentando más intenso y delicado será su sabor, así que te recomiendo que esperes al menos 8 semanas.

Nota

La parte más exquisita de estos limones es la piel, que se corta en láminas o trocitos y se puede añadir a infinidad de platos (sí, ¡a postres también!).

Conservación

Una vez abierto, el tarro tiene que guardarse bien cerrado en el frigorífico, donde los limones pueden conservarse hasta 1 año.

Truco

Esta es la receta básica, pero puedes especiarla añadiendo pimienta en grano, hojas de laurel, clavo...

Dulce de leche de coco

Hace más de ocho años, cuando vivía en Madrid, tuve una época en la que me volví adicta al dulce de leche. Cerca de mi casa, en el barrio de La Latina, había una pastelería familiar argentina donde hacían unos *croissants* rellenos de dulce de leche con los que mi compañera de piso y yo nos poníamos las botas.

Justo después, mi padre se fue de viaje a la Antártida y antes de volver hizo una parada en Buenos Aires. Se trajo consigo dos cajas de alfajores que recuerdo que nos duraron menos de un asalto. No había comido algo tan rico en mi vida.

Sorprendentemente, nunca se me pasó por la cabeza aprender a hacer dulce de leche casero y, cuando dejé de consumir lácteos, me olvidé totalmente de esta delicia. Hasta el día en que una amiga argentina me contó que ella hacía su dulce de leche con leche de coco y me aseguró que no tenía nada que envidiar al tradicional. Aunque al principio fui un poco escéptica, no iba a ser yo quien cuestionase un dulce de leche a una argentina, así que hice la prueba. Adapté un poco las proporciones a mi gusto y *voilà!* Efectivamente, está delicioso y es tan adictivo como aquel dulce de leche del que tan buen recuerdo tengo.

Está delicioso y es tan adictivo como aquel dulce de leche del que tan buen recuerdo tengo.

Para unos 200 ml de dulce de leche.

400 ml de leche de coco

½ taza de azúcar de coco

½ c de extracto puro de vainilla (opcional)

Pizca de sal rosa

1. Vierte la leche junto con el azúcar de coco y la pizca de sal en un cazo pequeño.

2. Cocina a fuego medio y remueve con una cuchara de madera hasta que la mezcla empiece a hervir.

3. Reduce a fuego lento y deja que vaya espesando, sin olvidarte de remover de vez en cuando para evitar que se pegue en el fondo.

4. Este proceso te llevará de 2 horas a 2 horas y media, dependiendo de la consistencia final que estés buscando.

5. Ten en cuenta que el dulce de leche espesará considerablemente una vez refrigerado, así que, para saber cuándo terminar de cocinarlo, coge una pequeña cantidad con una cuchara y ponla en un platito. Espera unos minutos y pruébalo. Si quieres que quede aún más espeso, continúa cocinando.

6. Una vez terminado, guarda el dulce de leche en un recipiente de cristal hermético previamente esterilizado.

Nota

Durante el proceso de cocción, el color del dulce de leche irá oscureciendo, pero una vez frío, se aclarará y tendrá un tono dorado.

Conservación

Bien cerrado, se conserva en el frigorífico hasta 4 semanas.

Consejo

A la hora de comprar leche de coco, asegúrate de que solo contiene dos ingredientes (coco y agua). Se vende en lata y debe tener al menos un 50 % de coco para que la consistencia sea bien cremosa.

Truco

Si tienes vainas de vainilla «vacías» que has usado anteriormente, aprovecha y añádelas en la leche para que el dulce tenga un sabor a vainilla más intenso.

Chocolate vegano atemperado

Soy consciente de que esta no es una receta básica, pero si amas el chocolate tanto como yo y también necesitas tu porción diaria, te hará feliz saber que hacer chocolate «del de verdad», vegano y sin azúcar refinado, es más fácil de lo que crees.

El atemperado es un proceso que consiste en derretir, enfriar, y recalentar el chocolate dentro de un rango determinado de temperaturas, de modo que, tras la rotura y recristalización de sus moléculas, se obtendrá un producto final brillante, crujiente y fácilmente desmoldable. Es un proceso que requiere tiempo, paciencia y cariño, pero la recompensa que obtienes cuando regalas una caja de bombones hechos por ti no tiene precio.

Aparte de usarla para elaborar tus propios bombones, esta receta también te servirá para hacer tabletas de chocolate y para cubrir cualquier praliné, trufa u otra confección que requiera una cobertura de chocolate crujiente. Te explico el proceso paso a paso y espero que lo compartas con cualquier persona que sepa apreciar el valor del buen chocolate.

Te hará feliz saber que hacer chocolate «del de verdad», vegano y sin azúcar refinado, es más fácil de lo que crees.

Ingredientes para 330 g de chocolate vegano atemperado (contenido en cacao 80 %).

160 g de pasta de cacao cruda
110 g de manteca de cacao cruda
60 g de sirope de arce
1 c de extracto puro de vainilla
½ c de sal rosa

1. Empieza preparando los utensilios que vas a necesitar: un bol, un cazo o cazuela mediano, un termómetro de cocina y una espátula de silicona.

2. A continuación pesa todos los ingredientes y añade la pasta de cacao junto con la manteca y la sal en el bol (aparta unos 30 g, que los añadirás más tarde para acelerar el proceso de atemperado. Este método se conoce como «atemperado por siembra»).

3. Pon el cazo a calentar con 2 o 3 dedos de agua y coloca el bol encima (intenta que el bol encaje lo mejor posible dentro del cazo para evitar que se introduzca vapor de agua en el chocolate). Asegúrate de que el agua hirviendo nunca toque la base del bol porque hará que el chocolate se sobrecaliente.

4. Deja que la pasta y la manteca se vayan derritiendo lentamente y da vueltas con la espátula de vez en cuando (de lo contrario, se introduciría demasiado aire en el chocolate y este será menos fluido).

5. Ve controlando la temperatura, y cuando el termómetro marque los 45-46 °C, apaga el fuego, retira el bol y colócalo sobre un trapo en una superficie plana. Rápidamente, añade en el bol el sirope de arce, la vainilla, y los 30 g de la pasta y manteca de cacao que tenías reservados. Remueve con la espátula.

6. El proceso consiste ahora en reducir la temperatura de la mezcla de 45-46 °C a 28 °C, colocando el bol sobre una superficie fría y removiendo de vez en cuando con la espátula. La idea es que la temperatura vaya bajando progresivamente, por lo que lo ideal es que la temperatura de la cocina no sea mayor de 20 °C. Como esto no siempre es posible, para que este proceso no se haga muy largo, mi consejo es que utilices superficies frías sobre las que apoyar el bol, te muevas a una zona más fría de la casa o incluso pongas el aire acondicionado un rato.
¡Lo que no debes hacer es meter el chocolate en el frigorífico!

7. Una vez que la temperatura ha bajado a 28 °C, vuelve a poner el bol sobre el cazo con agua caliente hasta subir la temperatura a 32 °C. Controla bien con el termómetro porque tardará menos de 2 minutos.

8. Ahora ya tienes el chocolate atemperado y listo para cualquier confección. Mi consejo es que utilices la cantidad que necesites, ya sea para hacer bombones, trufas, etc., y que viertas lo que te sobre en un molde de silicona y lo guardes en el frigorífico. De esa manera tendrás chocolate atemperado listo para utilizar en cualquier otro momento; solo tendrás que derretirlo, sin necesitar atemperarlo de nuevo.

Nota

Es muy importante que antes de empezar te asegures de que todos los utensilios y moldes están bien limpios y secos.

Nunca calientes el chocolate por encima de los 49 °C porque no se atemperará y tendrás que empezar el proceso de nuevo.

Conservación

Una vez solidificado, puedes conservar tu chocolate a temperatura ambiente en un lugar fresco y seco durante meses. En los meses de calor es mejor conservarlo en el frigorífico.

Ve a la página 70 y descubre como utilizar este chocolate para preparar tus propios bombones.

PALLARES
SOLSONA

Por debajo de 46 ºC

Trufas de matcha y cítricos

Haciendo honor a mi obsesión por el té matcha y los cítricos, surgió esta receta. Son frescas, ligeras y una buena alternativa a las tradicionales trufas de chocolate. Siguiendo esta base, puedes variar la receta y sustituir la naranja por limón o por cualquier otro cítrico, o cubrir las trufas con una capa de chocolate blanco. También puedes utilizar la crema como un *ganache* para rellenar bombones, en vez de hacer trufas. Son tan versátiles como delicadas y deliciosas.

Son frescas, ligeras y una buena alternativa a las tradicionales trufas de chocolate.

Receta para 16 trufas.

½ taza de mantequilla de anacardos (ver página 38)

3 C de sirope de arce

2 C de manteca de cacao cruda derretida

1 C de agua

1 + ½ c de té matcha en polvo + extra para cubrir las trufas

¼ c de extracto puro de vainilla

6 gotas de aceite esencial de naranja

Pizca de sal rosa

1. Tritura todos los ingredientes, excepto el agua, en la jarra de un procesador de alimentos pequeño hasta que se forme una mezcla homogénea y brillante. No te llevará más de 30 segundos.

2. A continuación añade la cucharada de agua y sigue triturando (preferiblemente vierte el agua con el procesador en funcionamiento para que se incorpore poco a poco). El motivo por el que se añade agua es para evitar que la manteca de cacao se separe del resto de ingredientes.

3. Vierte la mezcla, que será bastante pegajosa, en un recipiente de cristal y guárdalo en el frigorífico durante un mínimo de 2 horas hasta que la crema se solidifique.

4. Con ayuda de una cuchara, forma bolas pequeñas de unos 2 cm de diámetro.

5. Colócalas sobre una bandeja forrada con papel vegetal y déjala reposar en el frigorífico.

6. Justo antes de servir, llena un bol pequeño con matcha en polvo, añade las trufas y cúbrelas bien. Sirve inmediatamente.

Nota
Puedes sustituir el aceite esencial de naranja por el de cualquier otro cítrico o una combinación de varios (mandarina, lima, yuzu...).

Conservación
Al no contener ningún ingrediente fresco, se conservan refrigeradas en un recipiente cerrado durante semanas.

Consejo
El té matcha tiene un poder antioxidante muy superior a cualquier otro té verde. En el mercado se vende en diferentes grados, dependiendo de su calidad, y mi recomendación es que siempre compres el grado ceremonial, de color verde vibrante y con un sabor y propiedades muy superiores al de grado culinario.

Truco
El polvo de matcha absorbe la humedad muy rápidamente, por lo que, después de cubrirlas, verás que las trufas se oscurecen muy pronto y el polvo prácticamente desaparece. No hay manera de evitarlo, pero para minimizarlo asegúrate de que están bien frías y cúbrelas justo antes de servir.

En elaboraciones con un elevado contenido en aceite (como es el caso de *fudges*, turrones, trufas o *ganaches*), a veces ocurre que durante el proceso de batido el aceite se separa de la mezcla. En la mayoría de los casos, añadir una pequeña cantidad de agua a la mezcla y batir durante unos segundos más ayudará a que todos los ingredientes se incorporen de nuevo.

Bocados de *brownie* crudivegano de dátil y aguacate

Los que conozcáis mi cuenta de Instagram os hará gracia saber que el origen de su nombre @datesandavocados (que literalmente significa «dátiles y aguacates») se debe a que hubo un tiempo en el que mi afán por elaborar una pastelería saludable hizo que todos mis experimentos estuvieran hechos a base de dátiles y aguacate. Y tenía su lógica: los dátiles son sin duda la alternativa más saludable al azúcar y con los aguacates conseguía imitar bastante bien la textura que aportaba la mantequilla. Obviamente, esto solo podía funcionarme en recetas de chocolate, en las que podía ocultar fácilmente el sabor y el color del aguacate.

He enseñado a hacer este postre en varios de mis talleres y en todos ha sido un éxito porque, además de ser extremadamente sencillo, siempre funciona y le encanta a todo el mundo. Además, es mi tributo personal a estos dos ingredientes que tantas alegrías me han dado y que supusieron la primera piedra en este camino hacia una pastelería diferente y «sin culpa».

Es mi tributo personal a estos dos ingredientes que tantas alegrías me han dado y que supusieron la primera piedra en este camino hacia una pastelería diferente y «sin culpa».

Receta para un molde cuadrado de 18 cm.

Brownie

1 + ½ taza de nueces

1 + ½ taza de nueces pecanas

16 dátiles Medjool tiernos

¼ taza de cacao puro

3 C de *nibs* de cacao

2 c de *tahini*

2 c de extracto puro de vainilla

2 c de aceite de coco virgen extra derretido

¼ c de sal rosa

Crema de aguacate y cacao

1 aguacate mediano maduro

½ taza de cacao puro

3 C de leche de almendras (ver página 36)

¼ taza de sirope de arce

3 C de azúcar de coco

1 C de aceite de coco virgen extra derretido

½ de extracto puro de vainilla

Pizca de sal rosa

Decoración

Escamas de sal Maldon, frutos rojos y flores de violeta

Para la crema de aguacate y cacao

1. Empieza preparando la crema triturando todos los ingredientes juntos en un procesador de alimentos pequeño.

2. Asegúrate de que no queda ningún trocito de aguacate sin triturar. Para ello, para la máquina de vez en cuando, limpia bien los bordes con una espátula y vuelve a triturar hasta que obtengas una crema brillante y sedosa.

3. Guarda en un recipiente de cristal y refrigera durante un mínimo de 3 horas hasta que se enfríe bien y tenga una consistencia lo suficientemente firme como para poder usarla para decorar el *brownie* con manga pastelera.

Para el *brownie*

4. A no ser que los dátiles sean suaves y cremosos, ponlos en remojo con agua caliente durante unos 10-15 minutos.

5. Mientras tanto, tritura los frutos secos en un procesador de alimentos pequeño hasta que obtengas una consistencia granulada fina. Traslada a un bol grande junto con el cacao, los *nibs* y la sal, y reserva.

6. Retira la piel y la semilla de los dátiles, trocéalos y añádelos junto con el *tahini,* el extracto de vainilla y el aceite de coco en la jarra del procesador. Tritura hasta que formes un caramelo espeso y sin grumos.

7. Vierte el caramelo de dátiles sobre el bol con los frutos secos y mezcla con una espátula.

8. Verás que es una masa muy pegajosa y difícil de mezclar, así que ayúdate con las manos y amasa bien hasta que todos los ingredientes estén bien mezclados y puedas formar una bola compacta.

9. Coloca la masa sobre un molde previamente forrado con papel vegetal y aplástala bien con las yemas de los dedos repartiéndola de manera uniforme.

10. Ayúdate con una espátula pequeña para aplanarla bien y que quede lo más llana y firme posible, haciendo hincapié en las esquinas.

11. Cubre el molde y guárdalo en el congelador durante al menos 1 hora (3 horas si lo guardas en el frigorífico) hasta que se enfríe y asiente bien.

Para decorar

12. Tira del papel vegetal hacia arriba para desmoldar el *brownie,* retira el papel de la base y colócalo sobre una tabla de cortar.

13. Con un cuchillo bien afilado y caliente, corta el *brownie* por la mitad y sigue cortando en tantas porciones como quieras.

14. Elige una boquilla de estrella, colócala en una manga pastelera y llénala con la crema de aguacate y cacao.

15. Decora cada porción de *brownie* con la crema, una pizca de sal gruesa y frutos rojos.

Conservación
El *brownie* puede durar varias semanas en el frigorífico, pero la cobertura de aguacate y cacao tiene que consumirse en un máximo de 5 días.

Consejo
El tamaño de los aguacates varía considerablemente de uno a otro, así que te aconsejo que, una vez batida, pruebes la crema y adaptes la cantidad de sirope de arce según tu gusto.

Truco
Esta crema de aguacate también es perfecta para decorar *cupcakes* o tartas.

Mi versión de Nutella y Ferrero Rocher

Leche, cacao, avellanas y azúcar... Eso nos venden, pero leamos la letra pequeña: aunque lo digan en último lugar, con mucha diferencia el ingrediente más abundante que usan estas archiconocidas marcas es azúcar refinado, seguido del controvertido aceite de palma. Están riquísimos, no se puede negar, pero ¿y si existiese la posibilidad de hacerlos mejores y muchísimo más sanos? He probado decenas de combinaciones y la clave fue sin duda añadir aceite de oliva virgen extra.

En la primera parte de la receta te explico cómo conseguir la crema de avellanas y cacao más cremosa que te puedas imaginar. Puedes comerla tal cual, a cucharadas, o untarla en pan tostado, pero lo mejor que puedes hacer con ella es usarla para preparar Ferrero Rocher (¿sabías ya que el ingrediente secreto de este praliné es la Nutella?). Te lo explico paso a paso, pero te aviso: ¡son altamente adictivos!

En la primera parte de la receta te explico cómo conseguir la crema de avellanas y cacao más cremosa que te puedas imaginar.

Receta para unos 450 g de Nutella, con los que puedes preparar unos 28 Ferrero Rocher.

Nutella

1 taza de avellanas crudas

½ taza de azúcar de coco

½ taza de crema de avellanas (ver página 36)

¼ taza + 2 c de cacao crudo en polvo

¼ taza de AOVE

3 C de manteca de cacao cruda derretida

2 C de miel cruda (o sirope de arce)

1 c de extracto puro de vainilla

¼ c de sal rosa

Ferrero Rocher

450 g de Nutella

2 tazas de avellanas crudas

Chocolate vegano atemperado (ver página 47)

Para la Nutella

1. Empieza precalentando el horno a 180 °C (o 160 °C si usas la función con ventilador). Es importante que compres las avellanas crudas y las tuestes en casa, porque las queremos calientes y recién tostadas para conseguir que la textura final sea bien cremosa. Si además vas a preparar los Ferrero Rocher, aprovecha y tuesta todas las avellanas a la vez.

2. Hornea durante 16-18 minutos, hasta que tengan un color dorado.

3. Déjalas reposar unos minutos y retira las pieles.

4. Una vez que todas las avellanas están prácticamente sin piel, transfiérelas a la jarra de tu batidora y tritúralas junto con el AOVE hasta que quede una crema suave y sin trozos de avellana.

5. A continuación agrega el azúcar de coco y bate de nuevo.

6. Continúa añadiendo el resto de los ingredientes, excepto la manteca de cacao derretida. Sigue batiendo hasta que obtengas una crema bien suave.

7. Vierte la manteca de cacao y bate unos segundos más hasta que quede bien incorporada.

8. Transfiere la crema de avellanas y cacao a un recipiente de cristal, preferiblemente con cierre hermético, y guárdalo en el frigorífico para que solidifique.

Para los Ferrero Rocher

9. Antes de empezar, asegúrate de que la Nutella ha estado en el frigorífico el tiempo suficiente y tiene una consistencia dura.

10. Prepara un bol con las avellanas previamente tostadas y peladas y forra una bandeja con papel vegetal.

11. Con ayuda de una cuchara, coge una porción generosa de Nutella, pon una avellana tostada en el medio y con ayuda de las manos forma una bolita lo más redonda posible.

12. Coloca en la bandeja y repite el proceso hasta que formes tantas bolas como quieras. Yo usé toda la cantidad de Nutella y me salieron un total de 28 bolitas.

13. Cubre la bandeja y guarda en el congelador durante unas 2 horas hasta que solidifiquen bien.

14. Con un cuchillo trocea el resto de las avellanas tostadas en trocitos bien pequeños (también puedes usar el procesador de alimentos de forma intermitente para evitar que se conviertan en harina) y pásalas por un colador para eliminar la parte arenosa.

15. Atempera chocolate o derrite chocolate que ya tengas preparado con antelación.

16. Mezcla una taza de chocolate con ½ taza de avellanas troceadas y una a una ve bañando las bolitas con la ayuda de un tenedor para chocolate.

17. Transfiérelas a una bandeja forrada con papel.

18. Consúmelas directamente o guárdalas en el frigorífico.

Conservación

Tanto la Nutella como los Rocher pueden conservarse en el frigorífico hasta 5 días.

Consejo

Una de las claves para que el resultado final sea lo más cremoso posible es pelar las avellanas cuando están recién tostadas. Para ello transfiérelas a un colador metálico mediano y con ayuda de las manos aplica movimientos circulares de fricción para ir eliminando las pieles poco a poco. Requiere paciencia, pero ¡merece la pena! Si están muy calientes, ayúdate con un trapo limpio. También es útil colocar el colador sobre una bandeja para ir recogiendo las pieles y que no se te ponga la cocina perdida.

Chocolatinas de caramelo y cacahuete

Si me preguntases cuál es mi receta favorita de este libro, me costaría mucho elegir, pero te aseguro que estas chocolatinas estarían sin duda entre las finalistas. Veganas y sin necesidad de horno, esta versión no tiene nada que envidiar a los famosos Snickers. ¡Me atrevo a decir que son incluso mejores! Sin lugar a dudas, son mucho más saludables, pero es que además están hechas con un caramelo de dátiles y miso que está para chuparse los dedos.

Si quieres evitar los cacahuetes, sustitúyelos por nueces pecanas tostadas. La combinación de este untuoso y delicado fruto seco con el caramelo salado y el chocolate crujiente es una auténtica maravilla.

Veganas y sin necesidad de horno, esta versión no tiene nada que envidiar a los famosos Snickers.

Receta para 12 chocolatinas.

Base tipo *nougat*

100 g (o 1 taza) de harina de avena

¼ taza + 1 C de mantequilla de cacahuetes (ver página 38)

2 C de sirope de arce

2 C de aceite de coco virgen extra derretido

½ c de extracto puro de vainilla

¼ c de sal rosa

Relleno de caramelo

12 dátiles Medjool tiernos

¼ taza de sirope de arce

¼ taza de aceite de coco virgen extra derretido

2 C de miso dulce

1 C de tamari

1 taza de cacahuetes sin sal

Cobertura de chocolate

Chocolate vegano atemperado (ver página 47)

Escamas de sal Maldon

Para la base tipo *nougat*

1. Empieza mezclando todos los ingredientes líquidos en un bol. A continuación añade la harina de avena y mezcla bien con la ayuda de una espátula hasta que se convierta en una masa homogénea y fácilmente trabajable.

2. Forra el molde con papel de hornear (te facilitará luego el desmoldado) y transfiere la masa sobre la base.

3. Presiona la masa con los dedos hasta que quede bien firme, asegurándote de repartirla de manera uniforme. Ayúdate con una espátula pequeña para aplanar bien los bordes.

4. Guarda en el congelador mientras preparas el caramelo.

Para el caramelo

5. La clave de este caramelo son los dátiles, así que te recomiendo que sean de la mejor calidad posible. Yo siempre uso dátiles Medjool. Si estaban en el frigorífico o no son muy blanditos, lo mejor es que los pongas en remojo en agua caliente (¡no hirviendo!) durante 10-15 minutos hasta que se ablanden.

6. El siguiente paso requiere un poco de paciencia, aunque te lo puedes saltar si no tienes tiempo. Con los dátiles aún en agua, retira suavemente la piel con los dedos. De esta forma el caramelo resultante te va a quedar mucho más cremoso. Retira la pepita de cada dátil y añádelos al vaso de la batidora o del procesador de alimentos.

7. Añade el resto de los ingredientes y bate hasta que quede un caramelo bien cremoso.

8. Vierte en un bol, añade los cacahuetes previamente tostados, pelados y troceados, y mézclalos bien.

9. Con la ayuda de una espátula pequeña, extiende el caramelo sobre la base de *nougat* y reparte escamas de sal Maldon sobre la superficie.

10. Transfiere el molde al congelador y déjalo unas cuantas horas hasta que el caramelo se solidifique (lo ideal es dejarlo toda la noche).

11. Pasadas las horas, desmolda, retira el papel de la base y coloca sobre una tabla de cortar. Con un cuchillo bien caliente corta en 12 porciones rectangulares de 10 x 3 cm aproximadamente.

12. Guarda las barritas en el congelador mientras preparas el chocolate.

Para la cobertura de chocolate

13. Atempera chocolate siguiendo la receta de la página 47 (con esa cantidad de chocolate tienes suficiente).

14. Una a una, baña las barritas en el chocolate. Con la ayuda de un tenedor para chocolate, saca la barrita y haz unos ligeros movimientos hacia arriba y hacia abajo para ayudar a que gotee el chocolate restante. Transfiérelas a una bandeja forrada con papel de hornear.

15. Guarda la bandeja con todas las barritas en el frigorífico para que el chocolate acabe de solidificar.

Para decorar

16. Si te sobra chocolate, caliéntalo de nuevo y con una cuchara repártelo sobre las barritas con rápidos movimientos en zigzag.

17. Para terminar añade unas escamas de sal Maldon.

Nota

Si tus cacahuetes son sin tostar, tuéstalos en el horno a 180 °C (160 °C si usas la función con ventilador) durante 15-20 minutos. Antes de que se enfríen, envuélvelos en un trapo limpio y frótalos bien para eliminar la piel.

Conservación

Estas chocolatinas se pueden conservar en el frigorífico durante semanas o en el congelador durante meses. ¡En verano están especialmente ricas si las comes directamente del congelador!

Consejo

El resultado es un caramelo muy espeso, así que, a no ser que tengas una batidora de alta velocidad, te recomiendo que uses un procesador de alimentos.

Truco

Al bañar las barritas congeladas en el chocolate, este se irá espesando debido al gran contraste de temperatura. Trabaja lo más rápido que puedas, pero no te preocupes si el chocolate se solidifica. Vuélvelo a calentar ligeramente y sigue bañando el resto de barritas.

Bombones «sin culpa»

Si hay dos personas especialmente golosas, esas son mi abuela y mi padre. Ella siempre cuenta como él se pasaba las Navidades rondando el armario donde se guardaban los dulces y comiéndose a escondidas los turrones y mazapanes hasta acabar con las existencias. Más de cincuenta años después, la diabetes obliga a mi abuela a controlar el dulce, siendo mi tía la que tiene que vigilar a mi padre en las comidas navideñas para evitar que en secreto se dedique a pasarle trozos de turrón y de chocolate a mi abuela por debajo de la mesa sin que nadie se entere.

Creo que es gracias a estas anécdotas familiares que siento tanta pasión por la pastelería, especialmente por el chocolate.

A continuación te propongo tres de mis recetas favoritas, inspiradas en tres culturas gastronómicas totalmente diferentes, para que puedas hacer tus propios bombones en casa y convertirte así en un auténtico *chocolatier.*

Gracias a estas anécdotas familiares siento tanta pasión por la pastelería, especialmente por el chocolate.

Chocolate vegano atemperado (ver página 47)

Pasos para hacer bombones

1. Llena las cavidades del molde con el chocolate atemperado. Golpea el molde unas cuantas veces para asegurarte de que no quedan burbujas de aire en el interior.

2. Sobre un bol grande, gira el molde y deja que caiga el chocolate restante. Ayúdate con una espátula de metal para dar unos cuantos golpes en los lados del molde y ayudar a que caiga todo el exceso de chocolate.

3. Con el molde invertido, raspa la superficie con una espátula de metal y elimina el exceso de chocolate.

4. Coloca el molde boca abajo sobre una bandeja forrada con papel vegetal y guarda en el frigorífico durante 5 minutos hasta que se endurezca el chocolate.

5. Saca el molde del frigorífico y rellena cada una de las cavidades con el *ganache* que desees (te doy varias ideas en las próximas páginas), ayudándote de una manga pastelera y dejando un par de milímetros de espacio en la parte superior para poder sellarlos.

6. Acaba de llenar las cavidades con más chocolate hasta cubrir la superficie del molde.

7. Raspa el exceso de chocolate con una espátula de codo y deja reposar en el frigorífico hasta que se solidifique.

8. Gira el molde, golpea contra la superficie de la mesa y los bombones saldrán fácilmente.

Bombones Garam Masala

⅓ taza de anacardos previamente remojados

3 C de crema de almendras (ver página 36)

2 C + 1 c de cacao crudo en polvo

2 C de sirope de arce

2 C de manteca de cacao cruda derretida

1 c de Garam Masala

¼ c de sal rosa

¼ c de extracto puro de vainilla

⅛ c de canela de Ceilán

Recuerdo el día en que se me ocurrió esta combinación imposible. Recién mudada a Londres, organicé una comida con amigos en casa. Mi amigo Roshan, parisino de origen indio, me iba a enseñar las mejores recetas vegetarianas que había aprendido de su madre. Fue una de las mejores experiencias gastronómicas de mi vida. Después de esa inyección de creatividad, y de descubrir ingredientes que antes eran totalmente desconocidos para mí, se me ocurrió sorprenderle con esta combinación de sabores que nunca antes me habría imaginado utilizar en un postre. El resultado es difícil de explicar, así que te reto a que lo descubras por ti misma/o y me cuentes. Te garantizo que es uno de esos sabores que no vas a olvidar fácilmente.

1. Empieza aclarando y escurriendo los anacardos que has tenido en remojo durante un mínimo de 6 horas (o durante la noche anterior).

2. Añádelos en la jarra de la batidora junto con el resto de los ingredientes, excepto la manteca de cacao derretida.

3. Una vez que tengas una crema suave, incorpora la manteca con la batidora funcionando a baja velocidad, para que emulsione.

4. Vierte el *ganache* en una manga pastelera y guárdala en el frigorífico hasta que rellenes las cavidades de los bombones.

Conservación

Puedes guardarlos en el frigorífico hasta un máximo de 4 días.

Truco

Si guardas el *ganache* en un recipiente de cristal y lo refrigeras hasta que se solidifique completamente, puedes usarlo para hacer trufas en vez de bombones. Para ello haz bolas de unos 2 cm de diámetro y báñalas después en chocolate atemperado.

Fotografía en la página 68.

Te garantizo que es uno de esos sabores que no vas a olvidar fácilmente.

Bombones de naranja y azafrán

¼ taza de leche de almendras (ver página 36)

½ taza de anacardos previamente remojados

1 C + 1 c de miel cruda (o sirope de arce)

1 C de aceite de coco virgen extra derretido

½ c de cardamomo en polvo

¼ c de sal rosa

¼ c de extracto puro de vainilla

Una pizca grande de hebras de azafrán

7 gotas de aceite esencial de naranja

El color, aroma y sabor que proporciona el azafrán, popularmente conocido como «oro rojo» debido a su elevado precio, es único e incomparable. ¡Por algo es la especia más codiciada del mundo! Posee grandes propiedades antinflamatorias y antioxidantes, y durante la Edad Media fue uno de los productos españoles que más se exportaron. Aunque estamos acostumbrados a usarlo principalmente en platos salados, cada vez es más común encontrarlo en todo tipo de postres. Este es mi particular homenaje a nuestra apreciada flor del azafrán.

1. Empieza calentando en un cazo pequeño a fuego lento la leche de almendras junto con las hebras de azafrán. No dejes que hierva, solo tienes que calentar la leche ligeramente para que el azafrán se disuelva.

2. Vierte la leche en la jarra de la batidora junto con los anacardos aclarados (que has tenido en remojo durante al menos 6 horas) y el resto de los ingredientes, excepto el aceite de coco derretido.

3. Bate hasta obtener una crema suave y finalmente añade el aceite de coco mientras sigues batiendo a baja velocidad.

4. Introduce la crema en una manga pastelera y guárdala en el frigorífico para que se enfríe y espese antes de usarla para rellenar las cavidades de los bombones.

Conservación

Estos bombones se conservan en el frigorífico durante 4 días.

Fotografía en la página 75.

Este es mi particular homenaje a nuestra apreciada flor del azafrán.

Bombones de ricota y limón preservado

½ taza de ricota de almendras (ver página 40)

1 C de limón preservado, troceado fino (ver página 42)

1 C de miel cruda (o sirope de arce)

8 gotas de aceite esencial de limón

Esta receta surgió de la improvisación y de juntar ingredientes que tenía a mano en el frigorífico. Me quedaba muy poquita cantidad de una ricota de almendras que había preparado unos días antes y la mitad de un limón preservado que había usado para condimentar una ensalada. Ricota con limón preservado tenía que estar riquísimo, pero ¿con chocolate? Estaba haciendo bombones y me quedaban unos cuantos por rellenar, así que no perdía nada por probar. El resultado fue... ¡ESPECTACULAR!

1. Retira la pulpa de un cuarto de limón preservado (solo nos interesa la piel). Corta la piel en tiras finas y luego en trocitos pequeños.

2. Añádelos junto con el resto de los ingredientes en un bol y mézclalos suavemente con la ayuda de un tenedor. No remuevas demasiado porque queremos que la ricota mantenga la textura.

3. Refrigera la crema hasta que tengas los bombones listos para rellenar.

Conservación
Se conservan en el frigorífico durante 2 semanas.

Truco
Si no tienes limón preservado, sustitúyelo por ralladura de limón. El aceite esencial puede sustituirse por ½ cucharadita de zumo de limón.

Fotografía en la página siguiente.

Esta receta surgió de la improvisación y el resultado fue... ¡ESPECTACULAR!

Fantasía tropical

Desde el primer día, mi camino como pastelera profesional ha estado muy ligado a la fotografía. Empezó porque los profesores de la escuela nos pedían fotografías de todas las elaboraciones y pasó a convertirse en una pasión y en parte esencial de mi trabajo. Por eso, cuando pienso en un postre, la decoración y el recipiente en el que lo presento son casi tan importantes como la receta en sí.

Mi amor por la cerámica artesanal me ha llevado a conocer a artistas de todo el mundo, a visitar sus estudios e interesarme por sus trabajos. No solo mi aspiración es similar (mis postres también son artesanales y me gusta pensar en ellos como piezas únicas), sino que la esencia de la fotografía se basa muchas veces en la conexión cromática y de texturas entre el postre y su recipiente.

Los platos que he escogido para presentar este postre son de Cara Janelle, una artista de Chicago que tiene su estudio en Barcelona y que, a raíz de una colaboración, se ha acabado convirtiendo en una de mis mejores amigas.

Cuando pienso en un postre, la decoración y el recipiente en el que lo presento son casi tan importantes como la receta en sí.

Receta para 8 cupcakes
o 6 minitartas
(ver nota).

Base

1 taza de almendras crudas
¼ taza de coco rallado
¼ taza de copos de avena
6 dátiles Medjool tiernos
1 C de mantequilla de almendra (ver página 38)
1 C de *nibs* de cacao
½ c de extracto puro de vainilla
¼ c de jengibre en polvo
¼ c de sal rosa

Relleno de mango

1 taza de anacardos previamente remojados
2 tazas de mango fresco
½ taza de yogur de coco
½ taza de manteca de coco virgen extra derretida
2 C de sirope de arce
1 c de extracto puro de vainilla
¼ c de sal rosa

Crema de lima

1 + ½ taza de anacardos previamente remojados
½ taza de zumo de lima
½ taza de manteca de coco virgen extra derretida
1 aguacate maduro
3 C de sirope de arce
1 c de extracto puro de vainilla
½ c de té matcha
¼ c de sal rosa
Ralladura de 1 lima orgánica

Decoración

Pulpa de dos frutas de la pasión, physalis, moras, lima deshidratada y flores comestibles

Para la base

1. Comienza triturando las almendras en un procesador de alimentos hasta que obtengas trocitos pequeños.

2. Añade el coco rallado, la avena, la sal y el jengibre y vuelve a triturar.

3. Continúa con los dátiles, preferiblemente pelados y troceados, la mantequilla de almendra y la vainilla. Tritura de nuevo hasta que se forme una masa compacta y pegajosa.

4. Vierte los *nibs* de cacao al final.

5. Reparte la masa entre las cavidades de un molde para *cupcakes* o en moldes para tartas pequeñas.

6. Presiona firmemente hasta que las bases queden compactas y lisas.

7. Cubre los moldes y guárdalos en el congelador.

Para el relleno de mango

8. Empieza cortando el mango en cubos y aclarando los anacardos remojados.

9. Viértelos en la jarra de la batidora junto con el resto de los ingredientes y tritúralos hasta obtener una crema suave.

10. Rellena los moldes con la crema y vuelve a guardarlos en el congelador durante un mínimo de 4 horas hasta que las tartas se solidifiquen completamente.

Para la crema de lima

11. Del mismo modo que antes, tritura todos los ingredientes hasta que estén bien cremosos. Ajusta la cantidad de té matcha a la intensidad del color final que quieras obtener.

12. Vierte la crema de lima en un recipiente cerrado y guárdala en el frigorífico hasta el momento de decorar las tartas.

13. Media hora antes de servir, saca las tartas del congelador y desmolda.

Para decorar

14. Coloca una pequeña cantidad de pulpa de fruta de la pasión en la parte central de cada una de las tartas.

15. Introduce la crema de lima en una manga pastelera con una boquilla de estrella cerrada y decora cada una de ellas como más te guste.

16. Termina decorando con frutos frescos y flores comestibles.

Nota
Me gusta jugar con diferentes moldes y así presentar la misma receta de maneras distintas. Esta es un buen ejemplo de ello.

En la primera fotografía opté por minitartas (hechas en moldes de aro metálico) que decoré con physalis, lima deshidratada, hojas de capuchina y flores de hinojo.

En la segunda hice cupcakes *(con un molde de silicona) y las decoré con moras, flores de borago azul y pétalos de caléndula naranja.*

Conservación
Se conservan en el frigorífico hasta un máximo de 5 días o en el congelador durante 2 meses.

Tarta lila

Este es un postre ideal para disfrutar después de una comida veraniega, al ser ligero y no excesivamente dulce. La cremosa y delicada base de nueces de macadamia y coco combina a la perfección con el frescor de la lavanda y los arándanos. Si no has probado el aceite esencial de lavanda antes, empieza añadiendo una o dos gotas y aumenta progresivamente la cantidad hasta que des con la proporción deseada. ¡Estoy convencida de que te va a sorprender!

La cremosa y delicada base de nueces de macadamia y coco combina a la perfección con el frescor de la lavanda y los arándanos.

Receta para una tarta cuadrada de 16 cm.

Base

1 taza de nueces de macadamia crudas

½ taza de coco rallado

4 dátiles Medjool tiernos

1 + ½ c de miel cruda (o sirope de arce)

1 c de ralladura de limón orgánico

½ c de extracto puro de vainilla

½ c de sal rosa

¼ c de jengibre fresco rallado

Relleno de arándanos

1 + ½ taza de anacardos previamente remojados

½ taza de leche de coco

½ taza de arándanos

¼ taza + 2 C de manteca de coco virgen extra derretida

3 C de sirope de arce

1 C + 2 c de zumo de limón

½ c de sal rosa

½ c de extracto puro de vainilla

¼ c de jengibre fresco rallado

5 gotas de aceite esencial de lavanda orgánico

Decoración

Arándanos frescos y flores comestibles (opcional)

Para la base

1. Empieza triturando las nueces en un procesador de alimentos. Es importante hacerlo en intervalos cortos ya que las nueces de macadamia se convierten en mantequilla rápidamente.

2. Cuando consigas una consistencia granulada, añade el coco rallado seguido del resto de ingredientes y tritura de nuevo hasta obtener una masa pegajosa.

3. Vuelca la masa en el molde y presiona bien con la ayuda de una espátula o del reverso de una cuchara hasta que quede plana y uniforme. Es importante que esté bien compacta para evitar que se rompa cuando la cortes en porciones.

4. Cubre el molde y guárdalo en el congelador mientras preparas la crema de arándanos.

Para el relleno de arándanos

5. Aclara y escurre bien los anacardos que has tenido en remojo la noche anterior.

6. Viértelos en el vaso de tu batidora, junto con el resto de los ingredientes (excepto la manteca de coco).

7. Tritura hasta que la mezcla esté bien suave y cremosa. Si es necesario, para la batidora y rebaña las paredes del vaso para incorporar bien todos los ingredientes y que no quede ningún trocito de anacardo sin triturar.

8. Una vez conseguida la crema, añade la manteca de coco derretida y bate de nuevo hasta que quede bien incorporada.

9. Reserva un poco de la crema de arándanos y guárdala en un recipiente hermético en el frigorífico porque te servirá para decorar la tarta.

10. Vierte la crema sobre la base y guarda la tarta, bien cubierta, en el congelador por un mínimo de 4 horas.

11. Al menos 1 hora antes de servir, saca la tarta del congelador y desmolda inmediatamente. Déjala en el frigorífico para que se descongele poco a poco.

Para decorar

12. Un ratito antes de servir, decora la tarta con la crema de arándanos que tenías reservada. Yo he usado una boquilla de estrella cerrada, pero puedes utilizar la que más te guste.

13. Acaba de decorar con arándanos frescos y flores.

Conservación

Puedes conservarla en el frigorífico hasta un máximo de 5 días, aunque es recomendable consumirla pronto para que el color no se oscurezca.

Truco

Cuando la crema está batida, verás pequeños puntitos oscuros en ella; se trata de la piel de los arándanos triturada. No pasa absolutamente nada, pero si quieres que te quede como en la fotografía, solo tienes que colar la mezcla usando una bolsa para filtrar (la misma que usas para hacer las leches y cremas vegetales).

Para que la crema de decorar tenga un color más oscuro que el resto de la tarta, tienes que triturar la crema reservada con una cucharadita extra de arándanos o de polvo de *açaí*.

¡Mezcla los arándanos frescos con un poco de sirope de arce para que brillen y la tarta quede aún más espectacular!

Tartaletas de aguacate y lima

El aguacate y la lima no solo sirven para hacer un delicioso guacamole, sino que también pueden convertirse en el postre más cremoso y refrescante que te puedas imaginar. Para crear esta receta, me inspiré en la conocida Key Lime Pie, una tarta originaria de Florida y hecha con una base de mantequilla y galletas, una crema de lima, yema de huevo y leche condensada, y decorada con una generosa porción de merengue. La buena noticia es que esta versión vegana y sin horno no tiene nada que envidiarle a la receta original. Igual de deliciosa y mucho más ligera y saludable, este es uno de esos postres en los que la culpa se ha eliminado por completo. Además, la crema no tiene frutos secos, por lo que es una buena alternativa para las personas con algún tipo de alergia o intolerancia a los mismos. En la base he utilizado anacardos, pero, si quieres, puedes sustituirlos por semillas de girasol o de calabaza, o incluso obviarlos, y en su lugar aumentar la cantidad de coco rallado y harina de avena.

Para sustituir al merengue he decorado las tartas con un yogur de coco cremoso, pero si prefieres que sean más ligeras puedes servirlas simplemente con frutos rojos.

La crema no tiene frutos secos, por lo que es una buena alternativa para las personas con algún tipo de alergia o intolerancia.

Receta para 6 tartaletas de 8 cm de diámetro.

Base

1 taza de anacardos crudos
1 taza de coco rallado
¼ taza de harina de avena
¼ taza de sirope de arce
¼ taza de manteca de coco virgen extra derretida
½ c de extracto puro de vainilla
½ c de sal rosa
Ralladura de 2 limas orgánicas

Relleno de aguacate y lima

200 g de aguacate maduro
½ taza de yogur de coco
¼ taza de zumo de lima
¼ taza de aceite de coco virgen extra derretido
3 C de sirope de arce
½ c de té matcha
¼ c de extracto puro de vainilla
¼ c de sal rosa
4 gotas de aceite esencial de yuzu (opcional)

Decoración

Yogur de coco, moras y flores de violeta

Para las bases

1. Empieza triturando los anacardos en un procesador de alimentos.

2. Una vez que obtengas una textura fina granulada, añade el coco rallado y tritura durante unos segundos más. Ten cuidado de no triturar demasiado, ya que se convierte en mantequilla fácilmente.

3. Añade el resto de los ingredientes de la base, excepto la ralladura de lima, y tritura de nuevo hasta obtener una masa compacta que mantiene bien la forma cuando se aplasta con los dedos.

4. Retira el bol del procesador, incorpora la ralladura de lima y mezcla bien con una espátula.

5. Reparte la masa de anacardos entre los seis moldes y con los dedos empieza presionando firmemente en el centro y progresivamente ve dando forma a los bordes hasta que la base quede firme y compacta. Es importante que presiones bien para evitar que se rompa al desmoldarla.

6. Cubre los moldes y guárdalos en el congelador mientras preparas la crema de aguacate y lima.

Para el relleno de aguacate y lima

7. Para preparar el relleno, puedes usar tanto la batidora como el procesador de alimentos. Añade todos los ingredientes y tritura hasta que quede una crema suave y ligera.

8. Reparte la crema entre las 6 tartas y golpea suavemente sobre la superficie para que se distribuya bien.

9. Guárdalas en el congelador durante un mínimo de 2 horas.

10. 1 hora antes de servir, saca las tartas del congelador.

Para decorar

11. Decora con yogur de coco, moras y pétalos de flores de violeta.

Nota
La receta requiere 200 g de pulpa de aguacate, una vez pelado y sin pepita, que equivale aproximadamente a un aguacate y medio.

Conservación
Puedes conservarlas en el frigorífico en un recipiente cerrado hasta 5 días o durante 2 meses en el congelador.

Consejo
Para que te resulten fáciles de desmoldar, te recomiendo usar moldes de aluminio con base desmontable.

Truco
Para la decoración con yogur de coco he usado una boquilla Saint Honoré.

Jardín japonés

Una de las combinaciones de las que más he abusado en mis postres es la de matcha y limón, especialmente en tartas crudas. ¡Y es que no me canso! Para plasmar este dúo ganador, e ir un paso más allá, esta vez introduje varios elementos nuevos en la receta, siendo el aspecto visual el más sorprendente y novedoso. Una apariencia casi futurista: tonos grises y negros con los que nunca antes había experimentado en una tarta.

Tanto la base como la crema decorativa de limón tienen los mismos tonos que proporciona el carbón activado, un ingrediente que tiene defensores y detractores por igual y que a mí me gusta utilizar puntualmente por sus cualidades cromáticas. En la base uso miso y tamari, que aportan un sabor *umami* sobre el que ya os he hablado anteriormente y que, junto con el relleno de matcha, hacen que esta tarta sea exótica, además de deliciosa y llena de matices.

Una apariencia casi futurista: tonos grises y negros con los que nunca antes había experimentado en una tarta.

Receta para una tarta cuadrada de 12 cm.

Base

1 taza de almendras crudas peladas

1 C de sirope de arce

1 C de miso dulce

1 c de aceite de coco virgen extra derretido

½ c de carbón activado

½ c de extracto puro de vainilla

½ c de jengibre en polvo

¼ c de tamari

2 gotas de aceite esencial de limón

Relleno de matcha

1 + ½ taza de anacardos previamente remojados

¼ taza de crema de almendras (ver página 36)

¼ taza de aceite de coco virgen extra derretido

3 C de sirope de arce

1 C de zumo de limón

1 C de matcha

1 C de miso dulce

½ c de extracto puro de vainilla

¼ c de sal rosa

Crema de limón y carbón activado

1 taza de anacardos previamente remojados

¼ taza de aceite de coco virgen extra derretido

¼ taza de zumo de limón

2 C de sirope de arce

½ c de extracto puro de vainilla

½ c de carbón activado

Una pizca de sal

Decoración

Matcha en polvo, hojas de capuchina y pétalos de caléndula

Para la base

1. Empieza triturando las almendras en un procesador de alimentos pequeño hasta obtener una textura granulada.

2. A continuación añade el resto de ingredientes y sigue triturando durante unos segundos hasta que obtengas una masa pegajosa que mantiene la forma cuando la aplastas con los dedos.

3. Llena un molde de silicona con la masa, repártela de manera uniforme y ayúdate de una cuchara o espátula pequeña para aplanarla bien. Asegúrate de que queda bien compacta.

4. Cubre el molde y déjalo reposar en el congelador.

Para el relleno de matcha

5. Después de aclararlos y escurrirlos, vierte los anacardos previamente remojados (durante al menos 6 horas), en el vaso de tu batidora y tritúralos junto con el resto de los ingredientes (excepto el aceite de coco derretido) hasta que obtengas una mezcla cremosa. Remueve y asegúrate de que no queda ningún trozo de anacardo sin triturar y de que la crema es bien sedosa.

6. Con la batidora funcionando a baja velocidad, añade el aceite de coco derretido para que emulsione.

7. Vierte sobre la base que tenías en el congelador, cubre de nuevo y vuelve a congelar durante un mínimo de 4 horas.

Para la crema de limón y carbón activado

8. Prepara la crema de limón del mismo modo que antes. Empieza batiendo todos los ingredientes, excepto el aceite de coco, que lo agregarás al final.

9. Si lo deseas, reserva la mitad de esta mezcla y añade media cucharadita extra de carbón activado para obtener un color negro intenso.

10. Guarda las dos cremas en recipientes cerrados y guárdalos en el frigorífico durante unas horas para que asienten y puedan usarse para decorar la tarta.

11. 1 hora antes de servir, saca la tarta del congelador, desmolda y guárdala en el frigorífico para que se descongele poco a poco.

Para decorar

12. Justo antes de servir, decórala con las dos cremas de limón que tenías reservadas. Yo he usado una boquilla de estrella abierta para la crema de color gris y otra cerrada para la negra.

13. Acaba de decorar con hojas de capuchina y pétalos de caléndula.

Nota

Añadiendo ½ cucharadita de carbón activado a la crema de limón se obtiene un color gris cemento, pero si prefieres un negro azabache, pon un poquito más hasta que obtengas la intensidad que estás buscando.

Conservación

Puedes conservarla en el frigorífico hasta un máximo de 5 días o congelada durante 2 meses.

Truco

Antes de decorar con la crema de limón, espolvorea polvo de matcha en la superficie de la tarta con un colador de té pequeño.

Delicia de chocolate blanco y arándanos

Supongo que después de haber visto la portada pensarás que probablemente esta sea mi receta favorita del libro. Y se podría decir que estás en lo cierto, aunque no lo sea únicamente por una cuestión gastronómica. De entre todas las opciones, el motivo por el que decidí escoger esta tarta y esta fotografía en particular como portada de mi primer libro fue porque considero que es la que mejor representa la evolución del trabajo que he ido haciendo durante estos años.

Creé esta receta hace ya dos años cuando estaba de vacaciones en Australia, justo después de una de mis regulares visitas al Farmers Market de Byron Bay. Volvía a casa con nueces de macadamia locales y una caja llena de arándanos e higos orgánicos, que en ese momento estaban de temporada. La leche y el yogur de coco también los elaboraban allí y la miel cruda se la compré directamente a un apicultor local. Partiendo de estos ingredientes, lo difícil era no transformarlos en un postre delicioso.

¡Espero que lo disfrutes! La cremosa base de macadamia junto con la delicada crema de chocolate blanco y vainilla es una de mis combinaciones de sabores favoritas.

La cremosa base de macadamia junto con la delicada crema de chocolate blanco y vainilla es una de mis combinaciones de sabores favoritas.

Receta para 6 minitartas de 6 cm de diámetro y 6 cm de alto.

Base

1 taza de nueces de macadamia crudas

½ taza de coco rallado

4 dátiles Medjool tiernos

1 C de sirope de arce

¼ c de extracto puro de vainilla

¼ c de sal rosa

Crema de chocolate blanco

2 tazas de anacardos previamente remojados

¾ taza de crema de almendras (ver página 36)

⅓ taza de manteca de cacao cruda derretida

3 C + 1 c de miel cruda (o sirope de arce)

1 c de zumo de limón

Semillas de una vaina de vainilla

¼ c de sal rosa

Crema de arándanos y coco

1 + ¼ taza de anacardos previamente remojados

½ taza de arándanos (frescos o congelados)

½ taza de leche de coco

¾ taza de yogur de coco

¼ taza de manteca de cacao cruda derretida

2 C de sirope de arce

2 + ½ c de zumo de limón

½ c de extracto puro de vainilla

Pizca de sal rosa

Decoración

Arándanos, higos y flores comestibles

Para la base

1. Empieza pelando y quitando las pepitas de los dátiles, remojándolos en agua caliente si es necesario.

2. En intervalos cortos, tritura las nueces de macadamia en un procesador de alimentos pequeño hasta obtener una consistencia granulada y con cuidado de no triturarlas demasiado para que no se transformen en mantequilla.

3. Añade el coco rallado y la sal, y pulsa de nuevo durante unos segundos. Sigue con los dátiles y el resto de ingredientes líquidos hasta obtener una masa pegajosa.

4. Prepara los moldes para las tartas. Si optas por anillos de metal, empieza forrando una bandeja con papel de hornear y coloca los anillos sobre ella.

5. Divide la masa entre las bases de los anillos y presiona bien ayudándote con los dedos hasta que quede una base bien compacta y lisa.

6. Guarda la bandeja con los moldes en el congelador o en el frigorífico (si la bandeja no entra en el congelador).

Para la crema de chocolate blanco

7. Empieza aclarando y escurriendo los anacardos que has tenido en remojo.

8. Viértelos junto con el resto de los ingredientes en el vaso de la batidora (excepto la manteca de cacao).

9. Bate hasta que obtengas una crema fina. Continúa incorporando la manteca de cacao derretida con la batidora funcionando a baja velocidad.

10. Reparte la crema sobre los moldes, golpea suavemente la bandeja sobre la superficie para que se distribuya bien, cubre y guarda en el congelador durante un mínimo de 3 horas.

Para la crema de arándanos y coco

11. Sigue los mismos pasos que para hacer la crema de chocolate blanco y una vez que la crema está lista cuélala a través de un colador fino o una bolsa de filtrado para eliminar los trocitos de piel de arándano que hayan podido quedar (este paso es opcional).

12. Guárdala en el frigorífico en un recipiente hermético hasta que la uses para decorar las tartas.

13. Media hora antes de servir, saca la bandeja con los moldes del congelador y retira las tartas empujando suavemente desde la base hacia arriba.

Para decorar

14. Introduce la crema de arándanos en el interior de una manga pastelera con una boquilla de estrella y decora la superficie de las tartas.

15. Acaba de decorar con los frutos frescos y las flores comestibles (yo he usado flor de aliso blanco y flor de ajo morada).

Nota

Te doy dos alternativas de presentación: en minitartas y en vasitos de cristal a modo parfait. *Si lo prefieres, en vez de hacer postres individuales, puedes seguir la misma receta y utilizar un molde para una tarta de unos 18 cm.*

Conservación

Pueden conservarse un máximo de 5 días en el frigorífico y hasta 2 meses en el congelador.

Capricho de limón y fruta de la pasión

Siento una gran debilidad por los postres pequeños, especialmente por las tartas pequeñas. Quizá es debido a que hubo un tiempo, en la escuela de pastelería en Houston, en el que cada semana tenía que hacer una tarta enorme de dos o tres pisos. Me frustraba no saber qué hacer luego con ellas y desperdiciar cantidades tan grandes de comida. Por suerte, conocí a una mujer encantadora que se ofreció para ayudarme y llevar todas esas tartas a una casa de caridad. Desde ese día, cada vez que terminaba una de esas gigantes tartas en clase, me sentía feliz sabiendo que esa noche un grupo de personas sin techo tendrían al menos un motivo para sonreír.

Desde que acabé la escuela ya no he vuelto a hacer tartas tan grandes. Disfruto mucho más creando pequeñas porciones que se pueden terminar en una sentada y que incluso te dejan con ganas de más. Y por eso las *cupcakes* son mi perdición. Porciones individuales que me permiten jugar y decorarlas como si fueran pequeños jardines comestibles. Estas son de fruta de la pasión y limón preservado: una ligera y exótica combinación a la que es difícil resistirse.

Porciones individuales que me permiten jugar y decorarlas como si fueran pequeños jardines comestibles.

Receta para
6 cupcakes.

Base

1 taza de nueces de macadamia

½ taza de coco rallado

3 dátiles Medjool tiernos

1 C de miel cruda (o sustituir por un dátil extra)

1 c de aceite de coco virgen extra derretido

¼ c de extracto puro de vainilla

Pizca de sal rosa

Relleno de limón

2 + ½ taza de anacardos previamente remojados

½ taza + 2 C de zumo de limón

¼ taza + 2 C de aceite de coco virgen extra derretido

3 C de miel cruda (o sirope de arce)

2 C de agua

2 c de levadura nutricional

Piel de un cuarto de limón preservado picado (ver nota)

Decoración

Pulpa de dos frutas de la pasión, pétalos de flor de aciano azul y de tagete naranja

Para la base

1. En un procesador de alimentos pequeño, empieza triturando las nueces de macadamia en intervalos cortos, hasta que obtengas una consistencia granulada.

2. A continuación añade el coco rallado y la sal y tritura de nuevo durante unos segundos.

3. Continúa con los dátiles (mejor si están pelados), la miel (opcional), la vainilla y el aceite de coco derretido.

4. Una vez que obtengas una masa pegajosa, repártela de manera uniforme entre las cavidades de un molde de silicona para *cupcakes.*

5. Presiona bien con los dedos para aplanarla todo lo que puedas. Procura que los bordes queden lo más lisos posible (puedes ayudarte con el reverso de una cuchara pequeña).

6. Cubre el molde y déjalo reposar en el congelador mientras preparas el relleno de limón.

Para el relleno de limón

7. Empieza aclarando y escurriendo bien los anacardos que has tenido en remojo la noche anterior.

8. Mide 2 tazas y media y viértelos en el vaso de tu batidora junto con el resto de los ingredientes (excepto el aceite de coco).

9. Bate hasta obtener una crema bien suave y sin grumos, parando la batidora de vez en cuando si es necesario y rebañando las paredes con la espátula para que se trituren bien todos los ingredientes.

10. Por último, vierte el aceite de coco derretido de manera progresiva, mientras la batidora sigue funcionando a baja velocidad.

11. Coloca el molde para *cupcakes* sobre una bandeja, reparte la crema sobre las cavidades y da un par de golpes leves con la bandeja contra la superficie para eliminar posibles burbujas de aire.

12. Cubre el molde y guárdalo en el congelador durante un mínimo de 3 horas.

13. Guarda la crema que te haya sobrado en el frigorífico en un recipiente cerrado. La utilizarás para decorar las *cupcakes* justo antes de servirlas.

14. Media hora antes de servir, saca el molde del congelador y desmolda las *cupcakes.*

Para decorar

15. Introduce la crema que te había sobrado en una manga pastelera con una boquilla de estrella cerrada pequeña y decora una pequeña parte de cada *cupcake.*

16. Con una cuchara, añade pulpa de fruta de la pasión en la parte que está sin decorar.

17. Termina decorando con las flores comestibles.

Nota

Para el relleno de limón he utilizado la piel de un cuarto de limón preservado (ver receta en la página 42), pero si no tienes, puedes sustituirlo por la ralladura de un limón orgánico más ¼ de cucharadita de sal rosa (si utilizas limón preservado no hay que añadir sal). Si quieres, también puedes añadir 2 o 3 gotas de aceite esencial de limón para intensificar el sabor.

Conservación

Se conservan en el frigorífico hasta un máximo de 5 días o en el congelador durante 2 meses.

Truco

Remoja los dátiles en agua caliente durante 10 minutos para que sea fácil retirarles la piel.

Tarta Maca-Moca

Tengo una auténtica obsesión con el café, y es que se ha convertido en uno de mis momentos imprescindibles del día. No importa si es a primera hora o después de comer, si el día está yendo bien o mal, siempre encuentro el momento para parar y tomarme un buen café con leche de avena. Esos minutos los disfruto como una niña.

Fue precisamente tomando café cuando se me ocurrió convertir mi bebida favorita en una tarta: el placer de un *latte* multiplicado por mil. Por si fuera poco, la mezcla de dátiles, café y maca me recuerda sorprendentemente al *toffee.* Si eres cafetero, no lo dudes: este postre es para ti; pero incluso si el café no es lo tuyo te recomiendo que le des una oportunidad, ya que las notas de caramelo con café y vainilla son un combo que seguro te va a encantar.

Fue precisamente tomando café cuando se me ocurrió convertir mi bebida favorita en una tarta: el placer de un latte multiplicado por mil.

Receta para dos tartas cuadradas de 10 cm o una de 16 cm.

Base

1 taza de nueces de Brasil
½ taza de copos de coco
6 dátiles Medjool tiernos
1 C + 1 c de *nibs* de cacao
½ c de aceite de coco virgen extra derretido
½ c de extracto puro de vainilla
¼ c de sal rosa

Relleno de café

2 tazas de anacardos previamente remojados
½ taza de crema de almendras (ver página 36)
8 dátiles Medjool tiernos
¼ taza + 2 C de manteca de cacao cruda derretida
¼ taza + 1 C de café *espresso*
3 C de sirope de arce
1 C de maca
Semillas de media vaina de vainilla (o 1 c de extracto puro de vainilla)
¼ c de sal rosa

Crema de vainilla

1 + ½ taza de anacardos previamente remojados
½ taza de crema de almendras (ver página 36)
¼ taza de manteca de cacao cruda derretida
¼ taza de sirope de arce
Semillas de media vaina de vainilla
1 c de extracto puro de vainilla
1 c de zumo de limón
½ c de levadura nutricional
¼ c de sal rosa

Decoración

Cacao en polvo, flores de hinojo, pétalos de caléndula y granos de café

Para la base

1. Tritura las nueces de Brasil en un procesador de alimentos pequeño hasta obtener una textura granulada.

2. Añade los copos de coco y la sal y tritura durante unos segundos más.

3. Pela y trocea los dátiles e incorpóralos junto con la vainilla y el aceite de coco. Cuando obtengas una masa ligeramente pegajosa, añade los *nibs* de cacao y vuelve a triturar solo hasta que se incorporen.

4. Cubre el molde con la masa y con la ayuda de una espátula aplánala de manera uniforme.

5. Cubre el molde y guárdalo en el congelador mientras preparas la crema de café y maca.

Para el relleno de café

6. Empieza aclarando y escurriendo los anacardos que has tenido en remojo durante un mínimo de 6 horas y viértelos en el vaso de la batidora junto con el resto de ingredientes, excepto la manteca de cacao.

7. Bate hasta que la mezcla quede cremosa, evitando que se sobrecaliente.

8. Finalmente, incorpora de forma progresiva la manteca de cacao derretida, mientras la batidora sigue funcionando a baja velocidad, para ayudar a que emulsione.

9. Vierte la crema sobre la base de la tarta, vuelve a cubrir y congela durante un mínimo de 4 horas.

Para la crema de vainilla

10. Prepara la crema de vainilla de la misma manera que antes. Aclara los anacardos y bátelos con el resto de los ingredientes, excepto la manteca de cacao.

11. Una vez que la crema esté bien suave, vierte la manteca de cacao derretida y bate durante unos segundos más hasta que se incorpore.

12. Vierte la crema en un recipiente cerrado y refrigera hasta que la tarta esté lista para decorar.

13. Aproximadamente 1 hora antes de servir, desmolda la tarta y deja que se descongele poco a poco en el frigorífico.

Para decorar

14. En el momento de servir, con ayuda de un colador pequeño, espolvorea el cacao en polvo sobre la superficie y decórala con la crema de vainilla.

15. Como toque final, decora con granos de café y flores comestibles (yo he usado flores de hinojo y pétalos de caléndula).

Conservación
Puedes conservarla en el frigorífico hasta un máximo de 5 días o congelada durante 2 meses.

Consejo
Si los dátiles no son lo suficientemente tiernos, remójalos en agua caliente durante 10-15 minutos.

Truco
Si al verter la crema sobre la base de la tarta te sobra parte del relleno de café y maca, puedes añadir 1 cucharada de cacao en polvo y utilizarlo, junto con la crema de vainilla, para decorar la tarta.

Para extraer las semillas de vainilla, haz un corte superficial a lo largo de la vaina usando un cuchillo de punta afilada, sin llegar a cortarla por la mitad. Ábrela y pasa la hoja del cuchillo a lo largo de la vaina para extraer bien todas las semillas.

Pasión por el chocolate

A punto de finalizar la penúltima semana de clase del tercer nivel de cocina vegana en Maine, como era habitual, los alumnos teníamos que desarrollar un plato que pusiera en práctica el conocimiento y las técnicas aprendidas a lo largo de esa semana. Esta había sido dedicada a postres, por ello el proyecto consistía en crear uno, emplatarlo y presentarlo el viernes para que fuera evaluado por el profesor y el resto de los compañeros. Todos sabían que el dulce era mi especialidad así que mi motivación (y presión) por hacerlo bien era mucho mayor que de costumbre.

Sin embargo, el jueves por la tarde yo aún no tenía ni idea de qué hacer. Mi querida Maddy, con la que además de compartir clase también compartía habitación, me animó a que, en lugar de hacer un postre que iba a ser evaluado por diez personas prácticamente desconocidas, hiciera uno pensando en regalárselo a un ser querido. No podía haberme dado un consejo mejor. Me pregunté qué postre elegiría mi padre, y la respuesta era obvia: el que tuviera más chocolate.

Así que me metí de nuevo en clase y empecé a hacer esta tarta. La base crujiente de almendras y cacao, el cremoso y espeso *ganache* y el glaseado de chocolate era exactamente lo que haría que mi padre se chupase los dedos. La he decorado con grosellas rojas, que aportan unas notas agridulces al dulce chocolate, y con hojas de capuchina, mi planta favorita, que casualmente descubrí en Maine.

Me pregunté qué postre elegiría mi padre y la respuesta era obvia: el que tuviera más chocolate.

Receta para una tartaleta de 15 cm.

Base

1 taza de almendras crudas
2 C de *nibs* de cacao
2 C de cacao crudo en polvo
2 C de sirope de arce
2 c de mantequilla de almendras (ver página 38)
2 c de aceite de coco virgen extra derretido
½ c de extracto puro de vainilla
¼ c de sal rosa
Ralladura de 1 naranja orgánica

Ganache de chocolate

1 + ½ taza de anacardos previamente remojados
½ taza + 2 C de zumo de naranja
¼ taza + 1 C de cacao crudo en polvo
¼ taza de sirope de arce
¼ taza de aceite de coco virgen extra
1 c de ralladura de naranja orgánica
¼ c de sal rosa
6-8 gotas de aceite esencial de naranja dulce
1,8 g de agar agar en polvo

Glaseado de chocolate

¼ taza de cacao crudo en polvo
¼ taza de sirope de arce
3 C de aceite de coco virgen extra derretido
2 gotas de aceite esencial de naranja dulce
Pizca de sal rosa

Decoración

Hojas de capuchina y pétalos de caléndula

Para la base

1. En un procesador de alimentos pequeño tritura las almendras hasta que adquieran una consistencia granulada.

2. Añade el resto de los ingredientes (excepto los *nibs* de cacao) y sigue triturando para obtener una mezcla homogénea.

3. Para añadir un elemento crujiente a la base, agrega los *nibs* de cacao al final y tritúralos ligeramente, solo hasta que queden bien incorporados con el resto de los ingredientes.

4. Coloca la mezcla sobre el molde desmontable y repártela de manera que cubra toda la superficie. Con los dedos, empieza aplanándola firmemente en el centro y ve subiendo poco a poco hacia los laterales, asegurándote de que queda bien compacta y de que tiene el mismo grosor.

5. Guárdala en el frigorífico mientras preparas el *ganache* de chocolate.

Para el *ganache* de chocolate

6. Aclara y escurre los anacardos remojados y tritúralos junto con el zumo y la ralladura de naranja.

7. Una vez que la crema esté suave y sin grumos, añade el resto de los ingredientes (excepto el aceite de coco y el agar agar) y tritura de nuevo.

8. Con la batidora a baja velocidad, vierte el aceite de coco derretido de forma progresiva para que emulsione la mezcla.

9. Añade el agar agar en polvo y bate durante 1-2 minutos hasta que la mezcla alcance los 90 °C. Dependiendo de la potencia y velocidad de tu batidora de vaso, este proceso puede llevarte más o menos tiempo.

10. Una vez alcanzados los 90 °C, verás que la mezcla se ha espesado considerablemente; ello se debe a que el agar agar ha empezado a actuar.

11. Inmediatamente, vierte el *ganache* sobre la base de la tarta y extiéndelo bien con la ayuda de una espátula.

12. Guárdalo en el frigorífico durante al menos 3 horas, hasta que se enfríe y solidifique.

13. Introduce el *ganache* que te ha sobrado en el interior de una manga pastelera con la boquilla para decorar que más te guste y déjala en el frigorífico hasta que la tarta esté lista para servir.

Para el glaseado de chocolate

14. En un bol pequeño, junta el cacao en polvo con la sal y el sirope de arce y remueve continuamente con la ayuda de un batidor de varillas pequeño hasta que obtengas una mezcla homogénea brillante.

15. En ese momento, añade el aceite de coco derretido y las gotas de aceite esencial y continúa batiendo para que todos los ingredientes queden bien incorporados y tengas un glaseado fácil de verter.

16. Saca la tarta del frigorífico y vierte el glaseado en el centro. Rápidamente, mueve la tarta con movimientos circulares para que el glaseado se reparta bien por toda la superficie. Guarda de nuevo en el frigorífico durante al menos 5 minutos para que se solidifique.

Para decorar

17. Justo en el momento de servir, puedes optar por decorar la totalidad de la tarta o por cortarla en porciones y decorarlas de manera individual. En ambos casos, utiliza el *ganache* que tenías reservado y tantas grosellas rojas como quieras. Yo también he usado pétalos de caléndula y hojas de capuchina.

Nota

El agar agar tiene la función de aportar a esta tarta una consistencia cremosa y espesa similar a la de un ganache *de chocolate (normalmente elaborado con mantequilla y nata). Las propiedades espesantes de esta alga se activan a partir de los 90 °C, por eso es necesario que tengas un termómetro de cocina y te asegures de alcanzar esa temperatura antes de verter la crema sobre la base de la tarta.*

La proporción de agar agar que me da mejores resultados en este tipo de elaboraciones es del 0,4 % del peso total de la crema, de ahí el motivo de añadir 1,8 g.

Conservación

Puedes conservarla en el frigorífico durante 5 días o congelada hasta 2 meses.

Consejo

Te recomiendo utilizar un molde para tartaleta con base desmontable (también llamado molde rizado), ya que para desmoldarlo solo tendrás que empujar ligeramente la base de abajo hacia arriba.

Puedes guardar la tarta en el congelador en vez de en el frigorífico para acelerar el proceso, pero si no tienes prisa, es mejor que la guardes en el frigorífico ya que la textura final será mejor.

Truco

Puedes encontrar agar agar en copos y en polvo, siendo este último el más efectivo.

Tarta *gourmet* de sanguinas y chocolate

Esta receta es el resultado de mi obsesión por las naranjas sanguinas. Son tan efímeras que cuando están en temporada no puedo evitar comprarlas en cantidades industriales por miedo a no volverlas a encontrar en el mercado la semana siguiente. Me encantan en bizcochos, tartas y mermeladas, pero nunca antes las había probado en un postre crudo. El resultado: esta tarta de sabor único, con notas agridulces que se equilibran y potencian con el dulzor de la miel y el amargor del cacao puro. ¡Apta solo para *gourmets*!

Tarta de sabor único, con notas agridulces que se equilibran y potencian con el dulzor de la miel y el amargor del cacao puro.

Receta para una tarta de 16 cm.

Base

1 taza de almendras crudas
½ taza de copos de avena
8 dátiles Medjool tiernos
2 C de *nibs* de cacao
1 C de cacao crudo en polvo
1 C de aceite de coco virgen extra derretido
1 c de sal rosa
1 c de ralladura de naranja sanguina orgánica
1 c de canela Ceilán
½ c de extracto puro de vainilla
¼ c de clavo en polvo

Relleno de sanguinas y chocolate

1 + ½ taza de anacardos previamente remojados
¾ taza de zumo de naranja sanguina
¼ taza + 1 C de manteca de cacao cruda derretida
3 C de miel cruda (o sirope de arce)
2 C de cacao crudo en polvo
1 c de canela Ceilán
½ c de extracto puro de vainilla
¼ c de sal rosa
¼ c de semillas de hinojo
6 gotas de aceite esencial de naranja dulce

Glaseado de chocolate

3 C de cacao crudo en polvo
3 C de sirope de arce
2 C de aceite de coco virgen extra derretido
¼ c de extracto puro de vainilla
Pizca de sal rosa

Decoración

Rodajas de naranja sanguina y kumquat deshidratadas

Para la base

1. Empieza triturando las almendras en un procesador de alimentos hasta que obtengas una consistencia fina, pero con textura.

2. A continuación añade los copos de avena y tritura de nuevo.

3. Continúa con el resto de los ingredientes (excepto los *nibs* de cacao). Debes conseguir una mezcla homogénea.

4. Por ultimo, añade los *nibs* de cacao y tritura de manera intermitente hasta que queden bien incorporados. Me gusta añadir los *nibs* al final para que no se trituren demasiado y le den un toque crujiente a la base.

5. Distribuye la mezcla sobre la base del molde, presionándola bien para que quede regular y compacta. La masa debe ser pegajosa y fácil de moldear; si no, añade una cucharadita extra de aceite de coco.

6. Déjalo reposar en el congelador mientras preparas el relleno.

Para el relleno de sanguinas y chocolate

7. Empieza aclarando y escurriendo los anacardos remojados y añádelos en la jarra de la batidora junto con el zumo de naranja sanguina (te recomiendo que lo cueles para que no tenga restos de pulpa).

8. Tritura hasta que quede una crema suave y sin grumos.

9. Añade el resto de ingredientes (excepto la manteca de cacao) y tritura de nuevo.

10. Con la batidora funcionando a baja velocidad, incorpora progresivamente la manteca de cacao derretida.

11. Vierte la crema sobre la base de la tarta, reservando una pequeña cantidad en la nevera para decorar.

12. Cubre bien el molde y déjalo reposar en el congelador por un mínimo de 4 horas.

13. Al menos 1 hora antes de servir, saca la tarta del congelador y retira el molde. Déjala en el frigorífico para que se vaya descongelando progresivamente.

Para el glaseado de chocolate

14. Mezcla el cacao en polvo con el sirope de arce y una pizca de sal en un bol pequeño. Bate usando un batidor de varillas hasta que la mezcla brille. En ese momento añade el aceite de coco derretido y el extracto de vainilla y continúa batiendo hasta que todos los ingredientes queden bien incorporados y el glaseado esté brillante.

15. Inmediatamente, vierte el *ganache* sobre la superficie de la tarta y extiéndelo usando una espátula de codo pequeña.

Para decorar

16. Si lo deseas, corta la tarta en porciones rectangulares y decora cada una con la crema que tenías reservada.

Conservación
Puedes conservarla en el frigorífico durante 5 días o congelada hasta 2 meses.

Truco
Para darle un toque *gourmet*, decora cada porción con una rodaja de naranja y otra de kumquat deshidratadas.

Si prefieres una tarta de dos colores (como la que puedes ver en la fotografía de la siguiente página) en lugar de añadir cacao en polvo en el relleno añade sólo una cucharadita en la porción de crema que reservarás para decorar la superficie de la tarta.

Panna cotta de gominola

Hacer una *panna cotta* crudivegana sin que ningún italiano se eche las manos a la cabeza es todo un reto. Aunque hay muchas versiones, la *panna cotta* original se hace con tan solo cuatro ingredientes: nata, azúcar, vainilla y gelatina, y normalmente se sirve acompañada por una salsa, que puede ser de fresa o de chocolate.

Usando la receta de la *panna cotta* tradicional como inspiración, me he atrevido a crear este monocromático postre con personalidad propia.

Utilizo coco joven para conseguir una cremosidad y consistencia semejantes y preparo una mezcla de agar agar con agua que luego añado a la crema de arándanos para lograr que esta se solidifique. El motivo por el que incorporo el agar agar al final, en vez de calentar toda la mezcla a la vez, es para mantener el resto de los ingredientes crudos.

Varias personas que la han probado coinciden en que el sabor les recuerda a un tipo de gominola que comían de niños, pero que no consiguen identificar. ¡Vamos a ver si tú puedes ayudarme a descubrir cuál es!

Usando la receta de la panna cotta tradicional como inspiración, me he atrevido a crear este monocromático postre con personalidad propia.

Receta para
3 panna cotta.

Panna cotta

¾ taza de pulpa de coco joven tailandés
½ taza de arándanos
¼ taza de mezcla de agar agar
3 C de sirope de Yacón (o sirope de arce)
2 C de aceite de coco virgen extra derretido
1 + ½ c de zumo de lima
1 c de agua de rosas
1 c de extracto puro de vainilla
Pizca de sal rosa

Mezcla de agar agar

½ taza de agua
½ c de agar agar en polvo

Salsa de arándanos

1 taza de arándanos
2 C de sirope de Yacón (o sirope de arce)
1 C de aceite de coco virgen extra derretido
½ c de semillas de chía
¼ c de açaí en polvo (opcional)

Decoración

Arándanos frescos, bayas de saúco y pétalos de flor de aciano

Para la *panna cotta*

1. Empieza batiendo la pulpa de coco joven con los arándanos, el sirope de yacón, el zumo de lima, el agua de rosas, la vainilla y la sal.

2. Cuando hayas obtenido una crema suave, incorpora el aceite de coco derretido.

3. Coloca un colador fino sobre un bol y cuela el contenido de la jarra para eliminar los trocitos de piel de arándano.

4. Limpia la jarra e introduce de nuevo la crema de arándanos en su interior. Reserva mientras preparas la mezcla de agar agar.

Para la mezcla de agar agar

5. En un cazo pequeño vierte el agua con el agar agar en polvo y calienta a fuego alto, hasta que la mezcla empiece a hervir, batiendo continuamente con un minibatidor.

6. Reduce a fuego medio y sigue batiendo constantemente durante 2-3 minutos para que el agar agar se active.

7. Apaga el fuego y deja reposar 5 minutos.

8. Mide ¼ de taza de la mezcla de agar agar y viértela en la jarra de la batidora junto con la crema de arándanos.

9. Bate durante unos segundos hasta que se incorpore bien.

10. Prepara un molde de silicona para *muffins* o flanes sobre una bandeja y vierte el contenido.

11. Con ayuda de una espátula de codo pequeña, extiende bien la superficie para que la base de la *panna cotta* quede lisa.

12. Guarda la bandeja en el frigorífico al menos 1 hora para que se solidifique.

Para la salsa de arándanos

13. Tritura todos los ingredientes juntos, excepto el aceite de coco, que lo añadirás al final cuando la mezcla esté cremosa.

14. Cuela la salsa a través de un colador fino y guárdala en el frigorífico en un recipiente cerrado.

Emplatado

15. En un bol pequeño mezcla los arándanos frescos y las bayas de saúco con 1 cucharadita de sirope de Yacón (o de arce) para que brillen.

16. Prepara tres platos y con una cuchara extiende una pequeña cantidad de salsa en cada uno. Coloca cada *panna cotta* sobre la salsa y decora con los frutos frescos y las flores.

Nota

Puedes usar arándanos frescos o congelados. Si son congelados, espera a que se descongelen antes de triturarlos.

En vez de un molde de silicona, puedes usar flaneras individuales.

Conservación
Se conserva en el frigorífico durante 5 días.

Truco
Si cuando vas a emplatar ves que la salsa de arándanos está muy espesa y no se puede extender fácilmente, viértela en la batidora y bátela durante unos segundos para que vuelva a estar líquida.

Polos Mango Lassi

Esta es una de esas recetas que surgen de la más absoluta improvisación y de juntar ingredientes que tienes en casa dejándote llevar por la intuición. Por un lado, tenía un yogur de coco joven tailandés que había hecho justo un par de días antes. La cremosidad me recordaba a un helado que comía de niña y, como tenía un mango perfectamente maduro en casa, me dispuse a intentarlo con la garantía de que el coco y el mango siempre son una combinación ganadora.

Los demás ingredientes fueron entrando poco a poco en la ecuación: endulzante para disminuir la intensidad del sabor a coco, ácido para equilibrar todos los sabores y, por supuesto, sal para potenciarlos.

Amarillo y negro son dos de mis colores favoritos y me di cuenta de que nunca los había utilizado en un postre. Así que, puestos a improvisar, se me ocurrió añadir carbón activado a la mitad de la crema. ¡Con solo una cucharadita el color es espectacular!

Cuando varios de mis amigos los probaron, coincidieron en que el sabor les recordaba mucho al Mango Lassi, la famosa bebida tradicional india hecha a base de yogur de coco y mango.

El coco y el mango siempre son una combinación ganadora.

Receta para 8 polos.

300 g de mango fresco
150 g de yogur de coco joven (receta a continuación)
¼ taza de sirope de arce
1 C de zumo de lima
1 c de extracto puro de vainilla
1 c de carbón activado
Pizca generosa de sal rosa

Yogur de coco joven

150 g de pulpa de coco joven tailandés
1-2 C de agua filtrada
0.2 g de fermento para yogur vegano (o media cápsula de acidophilus)

Para el yogur de coco joven

1. Empieza esterilizando el bote de cristal en el que vas a fermentar el yogur (tapa incluida). Para ello llena una cazuela de agua y ponla a hervir con el recipiente dentro. Transcurridos 10 minutos sácalo con cuidado y déjalo secar boca abajo sobre un trapo limpio.

2. Mientras tanto, tritura la pulpa de coco en la batidora (preferiblemente *high-speed blender).* Empieza añadiendo una cucharada de agua y si lo necesitas añade una más.

3. Una vez has conseguido una crema bien sedosa y sin ningún trocito de coco, añade el fermento y vuelve a batir durante unos segundos para que se incorpore bien.

4. Vierte la mezcla en el recipiente de cristal, cubre la superficie con un trozo de tela para hacer queso y sujétalo con una goma o trozo de cuerda.

5. Introduce el recipiente en el deshidratador y deja que fermente a 43 °C durante 8-12 horas (dependiendo de la intensidad de sabor que estés buscando).

6. Una vez fermentado, cierra el recipiente y guárdalo en el frigorífico.

Para los polos

7. Empieza pelando un mango grande y cortando la pulpa en cubos.

8. Pesa 300 g y añádelos a la jarra de tu batidora junto con el resto de los ingredientes (excepto el carbón activado).

9. Bate hasta obtener una crema bien suave.

10. Coloca los moldes para los polos sobre una bandeja y vierte la crema de mango y coco sobre la mitad de los moldes. Llena las cavidades hasta arriba, introduce los palitos de madera y, con ayuda de una espátula de codo pequeña, aplana la superficie eliminando el exceso de crema.

11. Para la versión de color negro, añade 1 cucharadita de carbón activado al resto de la crema y bate durante unos segundos hasta que quede bien incorporado.

12. Rellena el resto de moldes del mismo modo que antes.

13. Suavemente golpea la bandeja con los moldes sobre la superficie para eliminar las posibles burbujas de aire que se hayan formado y guárdala en el congelador durante un mínimo de 3 horas hasta que los polos se solidifiquen bien.

14. Una vez congelados, ya puedes desmoldarlos y disfrutar.

Nota
Si no tienes deshidratador, puedes fermentar tu yogur en un lugar cálido de la casa o en el interior del horno (apagado, pero con la luz encendida).

Conservación
Es recomendable consumirlos como máximo en 2 semanas.

Consejo
Dependiendo del mango, puede que este sea fibroso y encuentres restos de fibra en la crema triturada. Si es así, fíltrala a través de una bolsa de tela o de un colador de malla muy fino antes de introducirla en los moldes.

Truco
Aunque el sabor y la consistencia del yogur de coco joven son ideales en esta receta, soy consciente de que es laborioso de hacer. Si prefieres simplificar, en su lugar puedes usar tu yogur de coco favorito o incluso la crema de una lata de leche de coco. Para ello guarda la lata en el frigorífico durante la noche anterior y utiliza 150 g de la parte sólida.

Eso sí, ¡asegúrate de que los ingredientes de la lata son únicamente coco y agua!

Bombón almendrado de vainilla

Estos helados están pensados para comérselos de dos en dos. ¡Como lo oyes! Y te voy a dar dos motivos para convencerte: el primero es que están hechos únicamente a base de ingredientes nutritivos y naturales, y además cada helado tan solo contiene una cucharadita de sirope de arce; el segundo, pero no por ello menos importante, son su irresistible sabor y cremosidad que, junto con la crujiente cobertura de chocolate con almendras, hacen que estos helados sean el capricho más placentero y saludable que puedas darte.

Estos helados son el capricho más placentero y saludable que puedas darte.

Receta para 12 minihelados.

Helado de vainilla

100 g de pulpa de coco joven tailandés

100 g de anacardos previamente remojados

¾ taza de crema de almendras (ver página 36)

¼ taza de sirope de arce

¼ taza de aceite de coco virgen extra derretido

2 c de extracto puro de vainilla

¼ c de sal rosa

Semillas de 1 vaina de vainilla

Cobertura de chocolate con almendras

2 tazas de chocolate vegano atemperado (ver página 47)

1 taza de almendras peladas

Para el helado de vainilla

1. Empieza aclarando y pesando los anacardos que has tenido remojando durante un mínimo de 6 horas y añádelos en la jarra de tu batidora junto con el resto de los ingredientes (excepto el aceite de coco).

2. Bate hasta que obtengas una mezcla bien cremosa. La pulpa de coco joven cuesta un poco más de triturar, así que, si es necesario, para la batidora de vez en cuando para rebañar bien las paredes de la jarra con una espátula y vuelve a batir hasta que todos los ingredientes estén perfectamente triturados.

3. Finalmente, incorpora el aceite de coco derretido de forma progresiva para emulsionar la crema.

4. Guarda la mezcla en el frigorífico durante 1 hora para que se enfríe antes de verterla en la heladera.

5. Pon la heladera en funcionamiento y poco a poco ve vertiendo la crema de vainilla.

6. Deja que vaya enfriándose y espesando hasta que tenga una consistencia de helado suave (tipo yogur helado). Te llevará unos 15 minutos, dependiendo del modelo de heladera que tengas.

7. Mientras tanto, coloca los moldes para helado sobre una bandeja e introduce en cada cavidad un palito de madera.

8. Llena todas las cavidades con el helado y ayúdate con una espátula de codo pequeña para alisar bien las superficies. Asegúrate de que los palitos están rectos y bien colocados.

9. Da un ligero golpe sobre la superficie para eliminar posibles burbujas de aire y guarda los moldes en el congelador durante un mínimo de 3 horas para que el helado acabe de solidificarse completamente.

Para la cobertura de chocolate con almendras

10. Prepara un recipiente lo suficientemente amplio como para que puedas sumergir completamente los helados en él.

11. Atempera chocolate, o derrite chocolate previamente atemperado, y viértelo en el recipiente.

12. Con un cuchillo trocea las almendras peladas tostadas, manteniendo trozos grandes para que la cobertura tenga textura.

13. Cuela las almendras troceadas para eliminar los restos de «polvo» y viértelas sobre el recipiente con el chocolate derretido.

14. Remueve con una cuchara para que las almendras queden bien repartidas.

15. Saca los moldes del congelador y desmolda los helados.

16. Uno a uno ve bañándolos en el chocolate, con ligeros movimientos verticales para eliminar el exceso de chocolate.

17. Coloca los helados sobre una bandeja o plato cubierto con papel vegetal para evitar que el chocolate se pegue a la superficie.

18. Si no se disfrutan en el momento, guárdalos en un recipiente cerrado en el congelador.

Nota

Aunque la pulpa de coco joven no es un ingrediente fácil de encontrar, cada vez es más común en supermercados ecológicos especializados. La mejor forma de obtenerla es directamente del coco, pero también se puede comprar congelada.

Si no la encuentras, puedes sustituirla en esta receta por leche de coco (solo la crema, no el líquido) o incluso por más anacardos.

Conservación
Es recomendable consumirlos en 2 semanas.

Consejo
Vierte el chocolate que te haya sobrado en un molde de silicona y guárdalo en el frigorífico para usarlo la próxima vez.

Truco
La función principal de una heladera es incorporar aire mientras el helado se va haciendo para evitar que se formen cristales de hielo y el resultado final sea muy cremoso. Si no tienes una, puedes imitar su función incorporando aire de manera manual.
Para ello guarda la mezcla en un recipiente cerrado en el congelador y ve sacándolo cada 15 minutos para removerlo con una cuchara. Repite este proceso varias veces hasta que consigas la consistencia de helado deseada (cuantas más veces lo hagas más cremoso quedará el helado).

Helado del chocolate de mi abuela

Me resulta difícil hablar de esta receta en tan solo unas líneas, ya que el sabor de este dulce me ha acompañado durante toda mi infancia.

Cuando hice este helado, lo primero que me vino a la mente fue el recuerdo que desde niña tengo del chocolate a la taza recién hecho.

Mi abuela siempre venía a verme acompañada de su inseparable tableta de chocolate para hacer de La Trapa y, durante muchos años, mi padre continuó con la tradición despertándome cada mañana de domingo con el inimitable olor del chocolate recién hecho traído por la abuela.

Con este helado consigo sentir el inconfundible recuerdo de ese chocolate intenso y cremoso que solo los amantes del buen chocolate podemos apreciar.

Mi abuela siempre venía a verme acompañada de su inseparable tableta de chocolate.

Receta para unos 600 g de helado.

Helado de chocolate

1 + ½ taza de anacardos previamente remojados

1 taza de leche de almendras (ver página 36)

⅓ taza de cacao crudo en polvo

¼ taza de manteca de cacao cruda derretida

3 C de *nibs* de cacao

1 c de extracto puro de vainilla

¼ c de sal rosa

Decoración

Virutas de chocolate y flores comestibles

1. Comienza escurriendo y aclarando los anacardos que has tenido en remojo durante al menos 6 horas y viértelos en la jarra de tu batidora junto con el resto de los ingredientes (excepto los *nibs* y la manteca de cacao derretida).

2. Bate durante unos minutos hasta que obtengas una mezcla cremosa.

3. Con la batidora a baja velocidad, incorpora la manteca de cacao progresivamente para emulsionar la mezcla y que quede más cremosa.

4. Por último, añade los *nibs* de cacao y bate durante no más de 5 segundos para que se distribuyan bien, pero no se trituren del todo, ya que queremos que aporten un toque crujiente al helado.

5. Guarda la mezcla en el frigorífico durante 1 hora para que se enfríe antes de introducirla en la heladera.

6. Con la heladera girando, vierte la mezcla de chocolate poco a poco y deja que se vaya congelando hasta que obtengas la consistencia de helado deseada. Este proceso puede llevarte entre 20 y 30 minutos dependiendo del modelo de heladera que tengas.

7. Una vez formado el helado, pásalo a un recipiente y guárdalo en el congelador hasta que lo vayas a consumir.

8. Sácalo del congelador media hora antes de servir para que no esté excesivamente congelado y puedas hacer bolas con facilidad.

Para decorar

9. Decora con virutas de chocolate y flores comestibles (yo he usado flores de hinojo en la primera fotografía y flores de violeta en la segunda).

Conservación

Se conserva en el congelador durante 2 meses.

Consejo

Si eres amante de los helados, te recomiendo que te hagas con una pequeña heladera, aunque también puedes hacerlos sin ella.

Para ello vierte la mezcla, una vez fría, en un recipiente que tenga cierre hermético y guárdalo en el congelador. La idea es que lo vayas sacando cada 15 minutos para remover la mezcla e incorporar aire tal y como haría una heladera. De esta forma obtendrás un helado mucho más cremoso que si congelas la mezcla directamente.

Postres horneados

Por encima de 46 ºC

chenAid
ARTISAN

Snacks de granola

¿Cuándo fue la última vez que compraste granola en el supermercado? Si te soy sincera yo ya ni me acuerdo. Cuando descubres lo fácil y rápido que es hacerla en casa, ya no hay vuelta atrás. Además de ser mucho más económica, puedes variarla de mil formas hasta dar con tu versión favorita.

Lo mismo ocurre con las barritas de cereales, en el mercado hay una extensa variedad, pero no tienen nada que ver con las hechas en casa.

A continuación te presento dos recetas que puedes combinar y adaptar a tu gusto: una deliciosa granola de avena y frutos secos y unas crujientes barritas de cereales y semillas. Son el perfecto *snack* ya que puedes llevártelas a clase, al trabajo, de viaje o incluso al gimnasio. Además son una opción fantástica para aquellas personas con intolerancias o con necesidad de encontrar alternativas saludables que no contengan frutos secos ya que están hechas a base de cereales y semillas.

Dos recetas que puedes combinar y adaptar a tu gusto: una deliciosa granola de avena y frutos secos y unas crujientes barritas de cereales y semillas.

Receta para unos 500 g de granola.

Ingredientes secos

1 taza de copos de avena
½ taza de nueces
½ taza de nueces pecanas
½ taza de trigo sarraceno activado
½ taza de copos de coco sin tostar
¼ taza de semillas de calabaza
¼ taza de uvas pasas
1 c de canela de Ceilán molida
½ c de sal rosa

Ingredientes líquidos

¼ taza de sirope de arce
2 C de aceite de coco virgen extra derretido
1 c de extracto puro de vainilla

Receta para 12 barritas.

Ingredientes secos

1 taza de copos de avena
¼ taza + 2 C de semillas de calabaza
¼ taza de trigo sarraceno activado
¼ taza de pipas de girasol
¼ taza de uvas pasas
¼ taza de frambuesas liofilizadas
2 C de semillas de sésamo blanco
¼ c de sal rosa

Ingredientes líquidos

¼ taza + 2 C de sirope de arce
2 C de *tahini*
2 C de aceite de coco virgen extra derretido
1 c de extracto puro de vainilla

Para la granola

1. Empieza precalentando el horno a 170 °C (150 °C con la función ventilador).

2. Añade todos los ingredientes secos, excepto los copos de coco, en un bol grande. Reserva.

3. En un bol pequeño combina el sirope de arce con el aceite de coco y la vainilla y mézclalos bien con un batidor de varillas pequeño.

4. Vierte la mezcla líquida sobre el bol con los ingredientes secos y remueve bien con una espátula para que todos los ingredientes queden bien cubiertos.

5. Extiende la granola sobre una bandeja de horno mediana, asegurándote de que esté bien repartida en una capa fina para que se hornee de manera uniforme.

6. Hornea durante 15 minutos.

7. Saca la bandeja del horno, remueve la granola con una cuchara, vuelve a extenderla y hornea durante otros 15 minutos.

8. Saca la bandeja y remueve de nuevo. Añade los copos de coco y vuelve a meterla en el horno durante 7 minutos más.

9. Pasado este tiempo la granola está lista. Déjala en la bandeja hasta que se enfríe completamente para que se ponga bien crujiente antes de guardarla en un recipiente de cristal cerrado herméticamente.

Para las barritas

1. Prepara un molde cuadrado de 16 cm y fórralo con papel vegetal.

2. En un bol grande mezcla todos los ingredientes secos y haz lo mismo con los líquidos en uno pequeño.

3. Vierte la mezcla líquida sobre los ingredientes secos y remueve con una espátula para que se mezclen bien.

4. Extiende sobre el molde y distribuye de forma que quede uniforme y compacta.

5. Cubre y guarda en el congelador durante unas 3 horas para que se solidifique.

6. Saca el molde del congelador, desmolda y corta en 12 barritas del mismo tamaño.

7. Precalienta el horno a 180 °C (160 °C con la función ventilador).

8. Coloca las barritas sobre una bandeja de horno forrada con papel vegetal.

9. Hornea durante 30 minutos, hasta que estén doradas.

10. Deja la bandeja encima de una rejilla 15-20 minutos para que las barritas se enfríen completamente y se pongan crujientes (recién salidas del horno están blanditas).

11. Guárdalas cubiertas con papel vegetal a temperatura ambiente.

Conservación
Siempre que esté guardada en un recipiente cerrado herméticamente, puedes conservar la granola en tu despensa, en un lugar fresco y seco, durante semanas.

Las barritas también se conservan durante semanas, aunque con el paso de los días estarán menos crujientes.

Consejo
Tras 20 minutos de horneado, coloca papel de aluminio sobre la bandeja para evitar que la superficie de las barritas se queme.

Truco
Para dar un toque fresco y aromático a tu granola puedes añadir ralladura de limón o de naranja durante los últimos minutos de horneado.

Una vez frías, puedes cubrir las barritas con chocolate derretido y añadir unas escamas de sal Maldon.

El «monstruo» de las galletas

Las *cookies* son el *snack* americano por excelencia. Fue de las primeras recetas que aprendí y una de las que más pronto olvidé. Recrear una *cookie* original sin utilizar mantequilla, azúcar y huevos me pareció una misión imposible.

En Londres organizo a menudo jornadas de testeo. Varios amigos vienen a verme a casa después del trabajo para probar tartas, galletas o chocolates, acompañados de una buena copa de vino mientras charlamos sobre cómo ha ido la semana. En contra de lo que pueda parecer, no es una tarea fácil, ya que además de decir si algo les gusta o no, les pido que me den detalles concretos: qué opinan de la textura, si creen que falta sal o si tiene demasiada, si está lo suficientemente dulce, etc.

El día que supe que estas *cookies* iban a acabar en este libro fue una tarde cuando Soco, una buena amiga y parte del equipo de Dates & Avocados, no pudo resistir la tentación inconsciente de coger una segunda *cookie* mientras charlábamos. No hay nada que pueda darme mayor satisfacción que ver a mis amigos disfrutar de mis postres de forma genuina.

Deliciosas, crujientes por fuera y blanditas por dentro, estas *cookies* no pretenden sustituir a las tradicionales, son diferentes pero igual de deliciosas y una de las mejores formas de acompañar una reunión con amigos. ¡Por muchas más!

No hay nada que pueda darme mayor satisfacción que ver a mis amigos disfrutar de mis postres de forma genuina.

Receta para 14 cookies.

Ingredientes secos

¾ taza de harina de almendra

¾ taza de copos de avena

⅓ taza de azúcar de coco

¼ taza de copos de coco

¼ taza de trozos de chocolate

2 C de semillas de lino molidas

Semillas de media vaina de vainilla

½ c de polvo de hornear

¼ c de sal rosa

Ingredientes líquidos

¼ taza + 1 C de leche de almendras (ver página 36)

3 C de aceite de coco virgen extra derretido

2 C de mantequilla de almendra (ver página 38)

Decoración

2 C de trozos de chocolate para la superficie de las *cookies* (opcional) y escamas de sal Maldon

1. Empieza mezclando el lino en polvo y la leche de almendras. Bate durante 1 minuto con un batidor de varillas pequeño. Déjalo reposar y vuelve a batir de vez en cuando hasta que se forme un gel viscoso.

2. Mezcla todos los ingredientes secos (excepto los trocitos de chocolate) en un bol grande y todos los líquidos en uno pequeño. Asegúrate de que los ingredientes líquidos no están fríos para evitar que, al añadir el aceite de coco, este se solidifique.

3. Agrega el gel de lino junto con el resto de los ingredientes líquidos y viértelos todos sobre el bol con los ingredientes secos.

4. Mezcla bien con las manos hasta que obtengas una masa compacta.

5. Incorpora los trocitos de chocolate al final, dejando unos cuantos reservados para cuando las *cookies* estén a punto de hornear.

6. Cubre el bol con un trapo y guárdalo en el frigorífico durante al menos 1 hora para que la masa se enfríe y las galletas sean más fáciles de moldear.

7. Con ayuda de un saca bolas de helado, divide la masa en porciones iguales y colócalas sobre una bandeja para horno forrada con papel vegetal. Te recomiendo que guardes la bandeja en el frigorífico durante media hora antes de aplanar las galletas y meterlas en el horno.

8. Precalienta el horno a 180 ºC (160 ºC con la función ventilador).

9. Presiona las bolas con la palma de la mano hasta que tengan un tamaño de unos 8 cm y un grosor de unos 3 mm aproximadamente.

10. Reparte los trozos de chocolate que tenías reservados sobre la superficie de cada *cookie* y aplasta un poco con los dedos.

11. Hornea durante 20 minutos hasta que los bordes estén crujientes y tostados.

12. Coloca la bandeja del horno sobre una rejilla, añade unos escamas de sal Maldon y deja que se enfríen durante unos 5 minutos.

Conservación
Se conservan cubiertas a temperatura ambiente durante 4 o 5 días.

Consejo
¡Para disfrutarlas al máximo, cómelas mientras aún están calentitas! Si son del día anterior, caliéntalas en el horno durante 2 minutos y volverán a estar como recién hechas:

Truco
Puedes preparar la masa de las galletas unos días antes y conservarla en el frigorífico o incluso congelar las galletas una vez que les has dado forma, y tenerlas listas para hornear cualquier otro día (ten en cuenta que necesitarán estar unos 5 minutos más en el horno).

Sándwiches de coco y dulce de leche

La madre de mi pareja cumplía cincuenta y ocho años y me apetecía tener un detalle con ella. A falta de tiempo y sin tener ni idea de qué regalarle, decidí hacer lo que mejor se me da: me metí en la cocina a improvisar unas galletas de coco, su ingrediente favorito. ¡El resultado fue todo un éxito! Estas deliciosas *cookies,* crujientes por fuera y esponjosas por dentro, tardaron menos de 5 minutos en desaparecer de la mesa, y es que incluso a mí, que no soy especialmente amante del coco, me sorprendieron.

Meses más tarde me apeteció volver a hornearlas, pero como soy bastante reacia a repetir la misma receta dos veces (especialmente si es una receta mía), esta vez se me ocurrió rellenarlas con un dulce de leche de coco casero. Para no ser fan del coco, aquí os presento una de mis galletas favoritas, ideales como un *snack* a cualquier hora del día, aunque especialmente tentadoras a media tarde para merendar.

Os presento una de mis galletas favoritas, ideales como un snack a cualquier hora del día.

Receta para
14 sándwiches
(28 galletas) de 6 cm.

Ingredientes secos

1 + ½ taza de coco rallado

1 taza de copos de avena

½ taza de harina de almendra

3 C de azúcar de coco

1 c de canela de Ceilán

1 c de sal rosa

½ c de polvo de hornear

Ingredientes líquidos

¼ taza de sirope de arce

¼ taza de puré de manzana

3 C de aceite de coco virgen extra derretido

1 C de mantequilla de almendra (ver página 38)

½ c de extracto puro de vainilla

Dulce de leche de coco (ver página 45)

Gel de lino

3 C de leche de coco

1 C de semillas de lino (o chía) molidas

1. Empieza mezclando en un bol pequeño el lino molido junto con la leche de coco ayudándote de un batidor de varillas pequeño o de un tenedor. Déjalo reposar en el frigorífico hasta que se forme un gel viscoso.

2. En un bol grande, mezcla todos los ingredientes secos.

3. En otro bol aparte, mezcla bien el sirope de arce junto con el puré de manzana, la mantequilla de almendra y el extracto de vainilla con ayuda de un batidor de varillas. Asegúrate de que la mezcla no está fría antes de añadir el aceite de coco derretido, ya que de lo contrario se solidificará.

4. Después de que el aceite de coco esté bien incorporado, añade el gel de lino y combina de nuevo.

5. Agrega al bol de los ingredientes secos y mezcla bien con una espátula. Obtendrás una masa húmeda y pegajosa. Ayúdate con las manos si lo necesitas.

6. Cubre el bol y guárdalo en el frigorífico durante al menos 1 hora.

7. Precalienta el horno a 190 °C (170 °C con la función ventilador) y cubre una bandeja con papel vegetal.

8. Divide la masa en porciones iguales (te recomiendo utilizar un sacabolas de helado pequeño) y colócalas sobre una bandeja forrada con papel vegetal.

9. Guarda la bandeja en el frigorífico durante unos 30 minutos para que luego sea más fácil darle forma a las galletas.

10. Presiona cada una de las bolas con la palma de la mano hasta que tengan un grosor aproximado de 2-3 mm y córtalas con un cortador de galletas de 6 cm.

11. Junta los trozos que te sobren para dar forma a más galletas.

12. Hornea durante 22 minutos hasta que tengan un color dorado y los bordes estén ligeramente tostados.

13. Saca la bandeja del horno y coloca las galletas sobre una rejilla para que se enfríen.

14. Introduce el dulce de leche en una manga pastelera con una boquilla redonda y cubre la mitad de las galletas con una porción similar a 1 cucharada.

15. Cúbrelas con la otra mitad de las galletas para formar sándwiches.

Conservación
Sin el relleno de dulce de leche, puedes conservarlas en un recipiente herméticamente cerrado y a temperatura ambiente durante 4 o 5 días. Una vez rellenas, tienen que guardarse en el frigorífico.

Consejo
Estas galletas también están deliciosas sin dulce de leche, recién horneadas y ligeramente calentitas.

Si optas por la opción de rellenarlas de dulce de leche, asegúrate de que está bien frío y espeso para que al hacer los sándwiches no se salga por los lados.

Truco
Puedes preparar la masa con días de antelación y tenerla lista en el frigorífico para el momento justo de hornearlas.

merry
Xmas

Galletas navideñas *gingerbread*

Estas galletas están inspiradas en las conocidas *gingerbread cookies*, muy populares en todo el mundo y las estrellas de los mercados navideños en países como Inglaterra o Alemania. Las tradicionales suelen tener forma de hombrecillo, copos de nieve o casitas, y decoran los árboles de Navidad de muchos hogares. Tal como su nombre indica, están hechas a base de jengibre, que junto con otras especias cálidas las convierte en una opción ideal para disfrutar en invierno. En vez de usar melaza, ingrediente imprescindible en la receta original, he optado por sirope de dátiles, cuyo intenso sabor a caramelo da un resultado muy similar al original. Suelen decorarse con un glaseado de azúcar, pero en su lugar he utilizado chocolatinas para darles esta forma que me recordaba mucho a unas galletas que comía de niña y que me apetecía recrear (probablemente, sepas a cuáles me refiero...).

Si estas fiestas tienes dudas sobre qué regalar, ahí va una sugerencia: olvida las tiendas repletas de gente, el frío y las colas eternas y opta por sorprender con una cajita de galletas o de bombones hechos por ti.

Inspiradas en las conocidas gingerbread cookies, muy populares en todo el mundo y las estrellas de los mercados navideños.

Receta para 30 galletas.

Ingredientes secos

200 g de harina de espelta integral
150 g de harina de quinoa
50 g de azúcar de coco
2 c de jengibre en polvo
1 c de canela de Ceilán
1 c de levadura
½ c de clavo en polvo
½ c de nuez moscada rallada
½ c de sal rosa

Ingredientes líquidos

150 g de sirope de dátiles
⅓ taza de AOVE
3 C de aquafaba líquido

Chocolatinas de té matcha

¼ taza + 2 C de manteca de cacao cruda derretida
3 C de mantequilla de anacardos sin tostar (ver página 38)
1 + ½ C de miel cruda (o sirope de arce)
½ c de té matcha
¼ c de extracto puro de vainilla
Pizca de sal rosa

Para las galletas

1. Añade todos los ingredientes secos, excepto el azúcar de coco, en un bol y mézclalos con una espátula.

2. En otro bol, y con ayuda de un batidor de mano, mezcla el aceite de oliva con el azúcar de coco.

3. A continuación añade el sirope de dátiles y el aquafaba líquido y mezcla de nuevo.

4. Con una espátula incorpora la mezcla de ingredientes líquidos junto con los secos y mézclalos bien.

5. Continúa amasando con las manos durante unos minutos hasta formar una masa compacta.

6. Cubre el bol con un trapo y guárdalo en el frigorífico durante 1 hora para que se enfríe y asiente bien antes de amasar y hacer las galletas.

7. Saca la masa del frigorífico y espolvorea harina de quinoa sobre la superficie donde vayas a trabajar.

8. Mientras tanto, empieza a precalentar el horno a 180 °C (160 °C con la función ventilador) y forra una bandeja de horno con papel vegetal.

9. Con ayuda de un rodillo, extiende bien la masa, girándola y espolvoreando harina de vez en cuando para evitar que se pegue en la superficie.

10. Una vez que la masa está estirada de manera uniforme y tiene unos 3 mm de grosor, empieza a cortar las galletas con un molde.

11. Una a una, ve colocando las galletas cortadas sobre la bandeja. Hazlo con una espátula para que no se te rompan y para evitar que los bordes se deformen al cogerlas con los dedos.

12. Hornea durante 12 minutos hasta que veas que los bordes están dorados.

13. Transfiere las galletas a una rejilla y deja que se enfríen.

14. Las galletas están deliciosas tal cual, pero son mucho más divertidas con chocolate.

Para las chocolatinas de té matcha

15. Empieza derritiendo la manteca de cacao al baño María, con cuidado de no sobrepasar los 46 °C si quieres mantenerla cruda y conservar así sus propiedades. Una vez derretida, deja que se enfríe hasta que esté a temperatura ambiente.

16. Añade todos los ingredientes (excepto el té matcha) en la jarra de tu batidora. Bate hasta que quede una mezcla homogénea.

17. A continuación añade el té matcha y bate de nuevo durante unos segundos hasta que quede completamente incorporado.

18. Coloca el molde de las chocolatinas sobre una bandeja y vierte el chocolate. Golpea suavemente la bandeja contra la mesa para eliminar las posibles burbujas de aire que se hayan formado.

19. Guarda la bandeja con el molde en el frigorífico durante al menos una hora o hasta que las chocolatinas se hayan solidificado completamente.

Presentación

20. Desmolda las chocolatinas y utiliza un poco de chocolate derretido como pegamento para ir adhiriéndolas encima de las galletas.

Nota
Antes de cortar las galletas, es útil guardar la masa ya estirada en el frigorífico durante 30 minutos para evitar que se rompan.

Conservación
Pueden conservarse en un recipiente hermético a temperatura ambiente hasta 1 semana.

Consejo
Si no tienes molde para hacer las chocolatinas también puedes optar por simplemente cubrir las galletas en chocolate.

Truco
Puedes utilizar la receta de las chocolatinas para hacer bombones de matcha. Se conservan en el frigorífico durante meses y son el capricho perfecto para tener siempre a mano. Con la cantidad de esta receta puedes hacer 15 bombones.

Cupcakes de limón y Petit Suisse

Esta receta empezó siendo una tarta de limón, para luego convertirse en magdalenas y terminar siendo estas *minicupcakes* de limón y frambuesa. No es la primera vez que me ocurre que, en cada nueva prueba que hago, la receta original va evolucionando hasta convertirse en algo totalmente distinto.

Horneadas con aceite de oliva virgen extra en vez de con mantequilla, estas *minicupcakes* son ligeras y esponjosas, con un sabor y aroma fresco y delicado gracias al limón y la miel. La guinda del pastel la pone una crema de frambuesas y coco que sorprendentemente recuerdan al sabor de los Petit Suisse. Aunque cualquier ocasión es buena para darte un homenaje, estas coquetas *cupcakes* están diseñadas para captar la atención y convertirse en las estrellas de tu próxima fiesta de cumpleaños.

Estas minicupcakes son ligeras y esponjosas, con un sabor y aroma fresco y delicado.

Receta para
16 minicupcakes.

Ingredientes secos

100 g de harina de espelta integral
50 g de harina integral de arroz
50 g de harina de trigo sarraceno
1 c de sal rosa
1 c de levadura en polvo
½ c de bicarbonato de sodio

Ingredientes líquidos

¾ taza de yogur de coco
½ taza de compota de manzana
⅓ taza de AOVE
¼ taza + 2 C de miel cruda (o sirope de flor de coco)
2 C de zumo de limón
2 c de ralladura de limón orgánico
1 c de extracto puro de vainilla
1 taza de frambuesas congeladas

Crema de Petit Suisse

1 + ½ taza de anacardos previamente remojados
1 taza de yogur de coco
1 taza de frambuesas congeladas
½ taza de aceite de coco virgen extra derretido
2 C + 2 c de miel cruda (o sirope de flor de coco)
1 C + 1 c de zumo de limón
2 c de extracto puro de vainilla
¼ c de sal rosa

Decoración

Frambuesas frescas y hojas de capuchina

Para la crema de Petit Suisse

1. Te recomiendo empezar preparando la crema para decorar las *cupcakes* con al menos 6 horas de antelación ya que necesita reposar en la nevera hasta obtener la consistencia deseada.

2. Para ello aclara y escurre los anacardos que has tenido en remojo durante al menos 6 horas y tritúralos junto con el resto de los ingredientes (excepto el aceite de coco) para conseguir una crema suave.

3. Con la batidora a baja velocidad, incorpora el aceite de coco derretido de manera progresiva para que ayude a emulsionar la mezcla.

4. Cuela la crema a través de una bolsa de filtrado de tela para eliminar los pequeños trocitos de semillas de frambuesa que puedan quedar. Es opcional, pero de este modo la textura final es mucho más cremosa.

5. Vierte la crema en un recipiente de cristal y guárdala en el frigorífico hasta que se enfríe y solidifique.

Para las *minicupcakes*

6. Empieza precalentando el horno a 190 °C (170 °C con la función ventilador) y colocando un molde para *minimuffins* sobre una bandeja de horno. Te recomiendo un molde de silicona, pero si el que tienes es de aluminio, puedes engrasar las cavidades con AOVE o introducir moldes de papel para *minimuffins.*

7. En un bol grande vierte todos los ingredientes secos, previamente tamizados a través de un colador de malla fina.

8. En otro bol junta el AOVE con la miel y la compota de manzana y mezcla bien con la ayuda de un batidor de varillas.

9. A continuación incorpora el resto de los ingredientes líquidos, excepto la taza de frambuesas congeladas, y mezcla de nuevo.

10. Vierte la mezcla líquida sobre el bol de los ingredientes secos y remueve con una espátula hasta que obtengas una masa homogénea.

11. Añade la taza de frambuesas congeladas y distribúyelas de manera homogénea.

12. Introduce la masa en una manga pastelera grande y rellena una a una las cavidades del molde, dejando medio centímetro de espacio vacío para que no sobresalgan demasiado una vez que suban en el horno.

13. Hornea durante 30-32 minutos. Verás que tienen un color dorado y que al presionar ligeramente la superficie con los dedos esta vuelve a la posición original.

14. Retira la bandeja del horno y deja enfriar durante 10 minutos. Si has utilizado moldes de papel, puedes sacar las *cupcakes* y dejarlos en una rejilla para que se enfríen completamente. Si en cambio has utilizado un molde de silicona, te recomiendo que dejes el molde sobre la rejilla y no desmoldes hasta que estén completamente fríos para evitar que se rompan.

Para decorar

15. Prepara una manga pastelera con una boquilla de estrella cerrada y rellénala con la crema de frambuesa.

16. Con la manga en posición vertical (perpendicular a la superficie de las *cupcakes*), decora realizando un movimiento circular desde el centro hacia afuera.

17. Termina decorando con una frambuesa fresca y una hoja de capuchina (opcional).

Conservación
Sin la cobertura pueden conservarse a temperatura ambiente en un recipiente cerrado hasta 3 días, pero una vez que tienen la crema, deben guardarse en el frigorífico. Aun así, mi recomendación es que las disfrutes el mismo día que las horneas.

Consejo
Un buen sustituto para la miel en esta receta es el sirope de flor de coco, pero ten en cuenta que el color final (especialmente el de la crema) será más oscuro. También puedes usar sirope de arce.

Truco
Si no tienes molde para *muffins*, puedes utilizar esta misma receta para hacer *financiers* (segunda fotografía).

Dónuts de café y calabaza

Más allá de la forma, estos dónuts poco tienen que ver con los tradicionales. Y es que ni están fritos ni llevan levadura. Aparte de ser horneados, están hechos a base de calabaza asada que, además de aportar una buena dosis de nutrientes, ayuda a que la textura sea superesponjosa, incluso usando harinas sin gluten.

Especiada con canela, nuez moscada, jengibre, clavo y cardamomo, para hacer esta receta me inspiré en la famosa bebida de café y calabaza conocida como Pumpkin Spice Latte. En vez de la porción de nata que normalmente la acompaña, yo opté por cubrirlos con un glaseado de calabaza, café y sirope de dátiles.

Aparte de ser horneados, están hechos a base de calabaza asada.

Receta para 8 dónuts grandes o 24 minis (o una combinación de ambos).

Ingredientes secos

100 g de harina de trigo sarraceno

80 g de azúcar de coco

50 g de harina de avena

25 g de fécula de patata

2 c de canela de Ceilán

1 c de polvo para hornear

½ c de bicarbonato de sodio

½ c de sal rosa

½ c de nuez moscada (preferiblemente recién rallada)

Semillas de una vaina de vainilla

¼ c de jengibre en polvo

¼ c de cardamomo en polvo

¼ c de clavo en polvo

Ingredientes húmedos

250 g de puré de calabaza asada

½ taza de leche de coco

¼ taza de sirope de dátiles

3 C de aceite de coco virgen extra derretido

2 C de café *espresso*

Glaseado de calabaza y café

75 g de puré de calabaza asada

¼ taza de sirope de dátiles

¼ taza de aceite de coco virgen extra derretido

2 C de café *espresso*

Decoración

Nibs de cacao, escamas de sal Maldon y flores comestibles (yo he usado flor de hinojo y pétalos de flor de tapete naranja)

Para los dónuts

1. Empieza asando la calabaza. Yo he utilizado la variedad Hokkaido (también llamada potimarrón), que es perfecta para usar en postres.

2. Precalienta el horno a 180 °C (160 °C con la función ventilador), corta la calabaza por la mitad y colócala boca abajo sobre una bandeja de horno forrada con papel vegetal.

3. Hornea durante aproximadamente 1 hora, hasta que esté bien blandita.

4. Una vez horneada, deja que se enfríe durante unos 15 minutos antes de retirar las semillas y extraer la pulpa con una cuchara.

5. Añade la calabaza en un bol y aplasta bien con un tenedor para obtener un puré suave y sin grumos. Reserva.

6. Coloca un colador encima de un bol grande y ve añadiendo todos los ingredientes secos previamente pesados (excepto el azúcar de coco que lo mezclarás con los húmedos). De este modo eliminas cualquier grumo que pueda haber en las harinas o polvo de hornear.

7. En otro bol aparte mezcla todos los ingredientes líquidos, junto con el azúcar de coco, y remueve con un batidor de varillas hasta que quede una mezcla homogénea. Añade el puré de calabaza y mézclalo bien.

8. Precalienta el horno a 190 °C (170 °C si usas la función con ventilador) y prepara un molde para dónuts sobre una bandeja de horno. Yo he utilizado un molde de silicona, pero si usas un molde metálico no te olvides de engrasarlo con un pincel empapado en aceite de coco.

9. Con ayuda de una espátula de silicona incorpora los ingredientes secos con la mezcla líquida. Remueve ligeramente hasta que estén bien mezclados.

10. Reparte la masa entre las cavidades del molde, sin llegar a llenarlas del todo para dejar espacio suficiente para que los dónuts crezcan dentro del horno. Golpea suavemente la bandeja contra la mesa para distribuir bien la masa y mete en el horno inmediatamente.

11. Hornea durante 20 minutos si usas el molde para dónuts grandes o durante 15 minutos si usas el de dónuts pequeños.

12. Saca la bandeja del horno y deja que se enfríe encima de una rejilla durante 5-10 minutos antes de desmoldar.

13. Gira el molde boca abajo y desmolda uno a uno los dónuts. Deja que se enfríen completamente antes de bañarlos en el glaseado.

Para el glaseado de calabaza y café

14. Añade todos los ingredientes en la jarra de tu batidora y tritura hasta que obtengas una crema suave. Viértela en un bol y guárdalo tapado en el frigorífico para que se enfríe y espese.

15. Una vez cubiertos con el glaseado, decora con *nibs* de cacao, escamas de sal Maldon y flores comestibles.

Conservación

Tras cubrirlos con el glaseado, se tienen que conservar en el frigorífico. Sin embargo, sin glasear pueden guardarse en un recipiente cerrado a temperatura ambiente en un lugar fresco y seco hasta 4-5 días.

Consejo

Aunque no es necesario, te recomiendo que uses una manga pastelera para distribuir la masa de manera uniforme entre las cavidades del molde.

Truco

Gana tiempo horneando la calabaza el día anterior y preparando el glaseado con antelación.

Sopa de chocolate blanco con peras al balsámico

Tengo un cariño muy especial a esta receta y es que supuso el broche final a mi formación como chef vegana en la escuela de Matthew Kenney en Nueva York. Para concluir el último nivel, antes de graduarnos, los alumnos tuvimos que organizar un *pop-up* de dos días consecutivos en uno de los restaurantes de Matthew en el East Village. Fue un honor que mis profesores me eligieran a mí para desarrollar el postre principal. Esta receta es el fruto de semanas ininterrumpidas trabajando en un ambiente de máxima creatividad, rodeada de personas con muchísimo talento y pasión por la cocina. Espero que disfrutes de este postre tanto como yo disfruté creándolo y preparándolo para las más de 150 personas que acudieron a nuestro *pop-up.*

Esta receta es el fruto de semanas ininterrumpidas trabajando en un ambiente de máxima creatividad.

Receta para 6 personas.

Sopa de chocolate blanco

3 tazas de anacardos previamente remojados

5 tazas de agua filtrada

½ taza + 2 C de manteca de cacao cruda derretida

3 C de sirope de arce

¼ c de sal rosa

Semillas de una vaina de vainilla

Peras al balsámico

4 peras maduras, pero firmes

1 taza de sirope de arce

1 taza de vinagre balsámico de Módena

1 c de extracto puro de vainilla

Canela en rama

Pizca de sal rosa

Crujiente de avellanas y jengibre

1 + ½ taza de avellanas

½ taza de harina de avena

2 C de azúcar de coco

2 C de sirope de arce

2 C de jengibre en polvo

Pizca de sal

Reducción de uva concordia (opcional)

1 taza de uvas concordia (u otra variedad de temporada)

Decoración

Hojas de capuchina y escamas de sal Maldon

Para la sopa de chocolate blanco

1. Empieza preparando la sopa de chocolate blanco. Para ello aclara y escurre los anacardos que has tenido en remojo la noche anterior y tritúralos junto con el agua. Sobre un bol, filtra la crema de anacardos con la ayuda de una bolsa de filtrado.

2. Vierte la leche en la jarra de la batidora, añade el sirope de arce, las semillas de vainilla y la sal y tritura durante unos segundos más.

3. Con la batidora a baja velocidad, incorpora la manteca de cacao derretida para que emulsione.

4. Guarda la mezcla en un tarro de cristal bien cerrado y déjala enfriar en el frigorífico durante unas horas hasta la hora de emplatar.

Para el crujiente de avellanas y jengibre

5. Trocea las avellanas con un cuchillo o tritúralas en un procesador de alimentos pequeño hasta obtener trocitos pequeños, pero que mantengan la textura.

6. Vierte las avellanas troceadas en un bol y añade el resto de los ingredientes. Mezcla bien con una espátula y transfiere a una bandeja de horno. Hornea durante 10 minutos a 180 °C (160 °C con la función ventilador). Reserva hasta que se enfríe.

Para la reducción de uva concordia

7. Tritura las uvas en la batidora y pasa el zumo por un chino o bolsa de filtrado.

8. A continuación, reduce el zumo de uva dejándolo deshidratar durante unas 12 horas a 45 °C si quieres mantenerlo crudo o en un cazo a fuego lento durante unos 10-15 minutos hasta que tenga la consistencia de un sirope. Guarda en un recipiente y reserva.

Para las peras al balsámico

9. Empieza preparando una bandeja de horno pequeña (que sea un poco honda) en la que mezclarás bien el sirope de arce junto con el vinagre balsámico, la sal, la canela en rama y la vainilla. Aprovecha la vaina de vainilla que te sobró cuando preparaste la sopa de chocolate y añádela también.

10. Pela las peras, córtalas en cuartos desde el rabito hasta la base y retira el corazón con la ayuda de un cuchillo. Añádelas a la bandeja, cúbrelas bien y déjalas marinando durante al menos 1 hora.

11. Hornea las peras a 200 °C (180 °C con la función ventilador) durante 20 minutos hasta que estén tiernas, pero mantengan la forma.

Emplatado

12. Antes de servir, saca la sopa de chocolate del frigorífico y mézclala bien con un batidor de varillas.

13. Prepara una bandeja con el crujiente de avellanas y jengibre, y sepáralo con las manos para que tenga la consistencia de un *crumble*.

14. Una a una ve añadiendo las peras horneadas y cúbrelas bien.

15. Coloca tres porciones de pera en el centro de un plato hondo y vierte 1 taza de la sopa de chocolate bien fría. Decora alrededor con la reducción de pera y finaliza con hojas de capuchina y escamas de sal Maldon.

Conservación
La sopa se conserva en el frigorífico durante un máximo 4 días, pero el crujiente puedes guardarlo a temperatura ambiente en un bote de cristal durante meses.

Consejo
Aunque es una receta sencilla, requiere tiempo y organización, así que te recomiendo que empieces a prepararla el día anterior.

Una de las claves de este postre es el contraste de texturas y temperaturas. La sopa debe estar bien fría y las peras calientes.

Truco
Si no encuentras uvas de temporada, puedes obviar la reducción de uva concordia y sustituirla por una reducción del marinado donde has horneado las peras.

Tiramisú 2.0

Aun a riesgo de sonar poco original, la realidad es que el tiramisú es uno de mis postres favoritos y no puedo evitar pedirlo siempre que puedo. Y es que, aunque sea una receta sencilla, encontrar un buen tiramisú no es tarea fácil, hacer una versión vegana, sin gluten y sin utilizar un queso crema del supermercado que haga las veces de mascarpone, menos aún. Me ha llevado tantos intentos que es una de las recetas que más ilusión me hace compartir contigo.

En vez de bizcochos de soletilla, yo he optado por hacer uno mucho más ligero y esponjoso mientras que para la crema de queso he usado una base de anacardos, café y vino santo procedente de la Toscana. Lo he presentado en *parfaits* individuales, pero puedes hacerlo de la forma tradicional, en una fuente de cristal y después cortarlo en porciones.

¿La garantía de que esta receta estaba lista para incluirla en este libro? Superó con nota el examen de varios paladares italianos, sin que ninguno sospechara cuál era el secreto: combinar la crema de anacardos con el aquafaba montado, dando lugar a una textura tan cremosa y ligera como la de la receta original. El día que des a probar este tiramisú, resiste la tentación de decir que es vegano hasta que coman la última cucharada. Te garantizo que nadie notará la diferencia.

El día que des a probar este tiramisú, resiste la tentación de decir que es vegano hasta que coman la última cucharada.

Receta para 4 parfaits.

Ingredientes secos

50 g de harina de arroz integral

25 g de almidón de patata

25 g de harina de maíz

40 g de azúcar de coco

½ c de levadura

¼ c de bicarbonato de sodio

¼ c de sal rosa

⅛ c de goma xantana

Ingredientes líquidos

3 C de crema de almendras (ver página 36)

2 C de aceite de coco virgen extra derretido

2 C de puré de manzana

1 C de vinagre de sidra de manzana

½ c de extracto puro de vainilla

Aquafaba montado para el bizcocho

50 ml de aquafaba

¼ c de zumo de limón

Crema

1 taza de anacardos previamente remojados

¼ taza de agua

3 C de sirope de arce

2 C de manteca de cacao cruda derretida

1 C de vino santo u otro vino o licor dulce

2 c de café *espresso*

½ c de extracto puro de vainilla

Pizca generosa de sal rosa

Aquafaba montado para la crema

3 C de aquafaba

¼ c de zumo de limón

Para empapar el bizcocho

¼ taza de café *espresso*

2 C de vino santo

Decoración

Cacao crudo en polvo, granos de café y flores comestibles (yo he usado una flor de caléndula naranja)

Para el bizcocho

1. Empieza precalentando el horno a 200 ºC (180 ºC con la función ventilador) y prepara un molde redondo de unos 20 cm (si no es de silicona fórralo con papel vegetal o engrásalo con un poco de aceite de coco para que el bizcocho no se pegue y sea fácil de desmoldar).

2. Añade en un bol todos los ingredientes secos (previamente tamizados con un colador fino) y mézclalos bien con un batidor de mano.

3. En un vaso vierte la crema de almendras junto con el vinagre de manzana y deja reposar para que se corte.

4. Mientras tanto, mezcla en otro bol los ingredientes líquidos, excepto el aquafaba y el zumo de limón, que montarás en un bol aparte.

5. Vierte el aquafaba líquido junto con el zumo de limón en un bol grande y bate con un batidor de varillas eléctricas hasta conseguir punto de turrón.

6. Junta los ingredientes líquidos con la leche «cortada» y añádelos al bol de los secos. Mezcla con ayuda de una espátula.

7. Incorpora el aquafaba montado a la mezcla anterior en dos o tres intervalos y con cuidado de no remover en exceso para que la mezcla no pierda mucho volumen.

8. Vierte inmediatamente en el molde y hornea durante 15 minutos.

9. Deja reposar 10 minutos, desmolda el bizcocho y colócalo sobre una rejilla para que se enfríe.

10. Con un cortador de galletas, corta el bizcocho en porciones del tamaño de los vasitos en los que vayas a servir el tiramisú.

11. En un bol mezcla ¼ de taza de café con 2 cucharadas de vino dulce y deja los bizcochos remojando hasta que queden bien empapados.

Para la crema

12. Empieza aclarando bien los anacardos que has tenido en remojo desde la noche anterior y bátelos junto con el agua, el sirope de arce, el café, el vino dulce, la vainilla y la sal hasta que quede una crema bien suave.

13. Con la batidora a baja velocidad, incorpora la manteca de cacao para que emulsione. Vierte en un bol y reserva mientras montas el aquafaba.

14. Vierte el aquafaba en un bol grande con un cuarto de cucharadita de limón y monta de nuevo hasta alcanzar el punto de turrón. Es importante que el aquafaba esté firme, ya que es lo que permitirá que la crema final tenga una consistencia bien esponjosa.

15. Añade una pequeña cantidad del aquafaba montado sobre la crema de anacardos y remueve con una espátula hasta que se incorpore bien.

16. Inmediatamente, vierte todo el contenido sobre el resto del aquafaba y mezcla suavemente con la espátula, con ligeros movimientos circulares para evitar que pierda volumen. Remueve solo hasta que ambas mezclas estén bien incorporadas.

Presentación

17. Prepara los recipientes en los que servirás el tiramisú. Yo he alternado dos capas de *biscotti* y crema en cada porción, pero puedes hacerlo como prefieras.

18. Aprovecha lo que te haya sobrado de la mezcla de café y vino dulce para echarlo por encima de los *biscotti* una vez colocados en los vasitos. De este modo aseguras que se humedezcan bien.

19. Deja enfriar en el frigorífico durante al menos 6 horas.

20. Antes de servir, espolvorea cacao crudo sobre la superficie de cada *parfait* y decora con granos de café y flores comestibles.

Nota

Asegúrate de montar el aquafaba hasta que en las varillas se formen picos muy firmes (al poner el bol boca abajo el aquafaba montado no se moverá). Si tienes dudas, sigue batiendo, ya que nunca te puedes exceder montando aquafaba.

Conservación

Se conserva en el frigorífico durante 5 días.

Consejo

Para un resultado perfecto, es clave que la crema esté firme y esponjosa. Para conseguirlo, es muy importante que, una vez mezclada la crema de anacardos con el aquafaba montado, emplates rápido para evitar que pierda volumen y consistencia.

Ateco
#1304

Bizcocho de pera y plátano

Nunca antes había oído hablar del pan de plátano hasta el día en que nos enseñaron a hacerlo en la escuela y todos mis compañeros se volvieron locos de la emoción. Creo que era la única de la clase que no sabía de qué me estaban hablando.

Originario de Estados Unidos, es más bien un bizcocho alargado que un pan, y se ha hecho tan popular que se encuentra en prácticamente cualquier parte del mundo (¡hasta cuando vivía en China había cafeterías que lo tenían!). La verdad es que está delicioso y es una genial idea para aprovechar esos plátanos que se nos han pasado de maduros.

Mi receta es un poco (ok, bastante) más larga que la original, pero el resultado es un bizcocho tan esponjoso que parece mentira que sea vegano y sin gluten. El plátano comparte protagonismo con la pera, que, junto con la canela y el jengibre, hace que este sea mi postre preferido para hornear en una lluviosa tarde de invierno.

Mi receta es un poco más larga que la original, pero el resultado es un bizcocho tan esponjoso que parece mentira que sea vegano y sin gluten.

Receta para un molde rectangular de 24 x 10 cm.

Ingredientes secos

150 g de harina de avena
100 g de harina de arroz blanco
40 g de harina de almendra
20 g de fécula o almidón de patata
¼ taza de azúcar de coco
2 c canela de Ceilán molida
1 + ½ c de levadura
1 c de bicarbonato de sodio
1 c de sal rosa
¼ c de goma xantana
100 g de nueces pecanas
60 g de peras deshidratadas (opcional)

Ingredientes líquidos

¼ taza de sirope de arce
¼ taza de AOVE
¼ taza de leche de almendras (ver página 36)
2 c de vinagre de sidra de manzana
2 c de extracto puro de vainilla
1 c de jengibre fresco rallado
4 plátanos muy maduros
2 peras maduras

Gel de lino

½ taza de leche de almendras (ver página 36)
3 C de semillas de lino en polvo

1. Si las nueces pecanas son sin tostar, empieza precalentando el horno a 180 °C (160 °C con la función ventilador) y hornéalas durante 10-12 minutos. Reserva hasta que se enfríen y no apagues el horno.

2. A continuación mezcla las 3 cucharadas de lino en polvo con media taza de leche de almendras en un recipiente pequeño. Mezcla bien con la ayuda de un batidor pequeño o de un tenedor. Deja reposar en el frigorífico hasta que adquiera una textura gelatinosa.

3. Mientras tanto, añade todos los ingredientes secos en un bol grande, excepto el azúcar de coco, las nueces pecanas y la pera deshidratada.

4. En otro recipiente pequeño vierte el cuarto de taza de leche de almendras junto con el vinagre de manzana. No lo remuevas, déjalo reposar para que el vinagre corte la leche y se forme *buttermilk.*

5. En otro bol, y con la ayuda de un tenedor, aplasta los plátanos hasta que queden bien triturados. No te preocupes si ves que queda algún grumo.

6. Añade el AOVE y el azúcar de coco y mézclalos con una espátula. Cuando tengas una mezcla más o menos homogénea, vierte el sirope de arce, la vainilla y el jengibre fresco rallado. Remueve para integrar bien todos los ingredientes y reserva.

7. Una vez peladas, trocea las peras y añádelas a la mezcla líquida.

8. Vierte la leche de almendras cortada junto con el resto de ingredientes líquidos y por último añade el gel de lino. Mezcla ligeramente con ayuda de una espátula.

9. Vierte los ingredientes secos sobre los líquidos, mézclalos con la espátula y finalmente incorpora las nueces pecanas troceadas y las peras deshidratadas, también troceadas.

10. Inmediatamente, vierte la mezcla sobre el molde, previamente engrasado con AOVE, y coloca la pera en cuartos encima.

11. Espolvorea 1 cucharadita de azúcar de coco en la superficie (opcional) y hornea durante 1 hora y 20 minutos a 180 °C (160 °C con la función ventilador).

12. Pasada 1 hora, echa un vistazo al bizcocho y, si ves que la superficie está muy dorada, cúbrela con papel de aluminio y sigue horneando los 20 minutos restantes.

13. Comprueba que el bizcocho está bien hecho insertando un cuchillo o un palillo en el centro. Si este sale completamente limpio, significa que ya está listo. De lo contrario, hornea 5 o 10 minutos más.

14. Déjalo reposar durante 10 minutos para que se enfríe un poco, desmolda y colócalo sobre una rejilla para que acabe de enfriarse del todo antes de cortarlo.

Conservación

Puedes conservarlo a temperatura ambiente hasta 4 días siempre y cuando esté en un recipiente herméticamente cerrado o bien tapado para evitar que se seque.

Consejo

Está más rico caliente, así que, si no está recién hecho, te recomiendo que tuestes las rodajas en el horno justo antes de servirlas. De esta manera, la superficie se carameliza ligeramente y se intensifican los sabores. Está especialmente delicioso untado con mi versión de Nutella (ver receta en la página 62).

Tarta de melocotón «al revés»

Hay un adjetivo que describe este postre a la perfección: jugoso. Y es que prácticamente se deshace en la boca. Es una de mis recetas horneadas que más gusta y la clave de su éxito es, sin duda, el melocotón, una de mis frutas favoritas porque, cuando están maduros y son de temporada, son tremendamente dulces y jugosos. Si además añades ingredientes como el zumo de naranja, el aceite de oliva o la harina de almendras, el resultado es una tarta tan delicada y melosa que estoy casi segura de que querrás volver a hornearla. En vez de melocotón, puedes utilizar higos, pera o naranja, y estará igualmente deliciosa. Eso sí, asegúrate de que la fruta esté en su momento justo de maduración.

Para «emborracharla» aún más, la impregno con una reducción de zumo de naranja que, aunque es opcional, te recomiendo encarecidamente.

Hay un adjetivo que describe este postre a la perfección: jugoso. Y es que prácticamente se deshace en la boca.

Receta para una tarta de 20 cm.

Ingredientes secos

100 g de harina de espelta integral

100 g de harina de almendra

2 c de canela de Ceilán

1 + ½ c de cardamomo en polvo

1 c de sal rosa

1 c de levadura

½ c de bicarbonato de sodio

Ingredientes líquidos

½ taza de zumo de naranja

⅓ taza de AOVE

¼ taza de leche de almendras (ver página 36)

¼ taza de sirope de arce

25 g de azúcar de coco

2 c de vinagre de sidra de manzana

1 c de extracto puro de vainilla

1 c de jengibre fresco rallado

Ralladura de 1 naranja orgánica

8 gotas de aceite esencial de naranja

Gel de lino

5 C de leche de almendras (ver página 36)

2 C de lino en polvo

Base de la tarta

3 melocotones maduros, pero firmes

1 C de azúcar de coco

AOVE para engrasar el molde

Sirope de naranja

¼ taza de zumo de naranja

2 C de miel (o sirope de arce)

Decoración

Hojas de capuchina y flor de tagete naranja

Para la tarta

1. Precalienta el horno a 180 °C (160 °C si utilizas la función con ventilador).

2. Empieza tamizando todos los ingredientes secos sobre un bol grande. Mezcla con un batidor y reserva.

3. En un bol pequeño mezcla la leche de almendras con el lino en polvo y bate bien con un minibatidor durante unos 30 segundos para que se active el lino y empiece a formarse un gel. Deja a un lado y ve batiendo de vez en cuando.

4. En un bol mediano vierte todos los ingredientes líquidos (excepto la leche de almendras y el vinagre de manzana) y mézclalos bien.

5. En otro recipiente pequeño combina la leche de almendras con el vinagre (¡no lo remuevas!) y deja reposar para que se corte y se forme la comúnmente llamada *buttermilk*.

6. Prepara un molde de aluminio y, con ayuda de un pincel, engrásalo con AOVE y espolvorea azúcar de coco (1 cucharada aproximadamente) por toda la base.

7. Parte los melocotones por la mitad, deshuésalos y córtalos en gajos.

8. Repártelos en la base del molde creando un patrón bonito, ya que será la parte que se verá cuando desmoldes y presentes la tarta.

9. Añade el gel de lino y la leche de almendra cortada en el bol con los ingredientes líquidos y mézclalos todos con una espátula.

10. Vierte la mezcla sobre el bol de los ingredientes secos y remueve solo hasta que estén bien incorporados (no te excedas mezclando porque sino la tarta quedará menos jugosa).

11. Inmediatamente vuelca la masa sobre los melocotones y hornea durante 40 minutos, hasta que la superficie esté dorada y la tarta haya crecido el doble.

12. Coloca el molde sobre una rejilla y deja que se enfríe durante unos 10 minutos.

Para el sirope

13. Mezcla el zumo de naranja y la miel (o sirope de arce) en un cazo pequeño y llévalos a ebullición.

14. Baja el fuego y cocina durante 10 minutos hasta que reduzca.

15. Deja que se enfríe para que espese.

Para decorar

16. Coloca un plato llano sobre la superficie del molde, gíralo y desmolda.

17. Vierte el sirope por toda la superficie, para que se empape bien la tarta.

18. Si lo deseas decora cada porción con flores comestibles.

Conservación

Puedes conservar los trozos que sobren en un recipiente cerrado a temperatura ambiente durante 2 días o en el frigorífico durante 4-5.

Truco

Aunque el azúcar de coco es un ingrediente seco, normalmente lo mezclo con los ingredientes líquidos para que se disuelva mejor.

Bizcocho de polenta y naranja

La polenta es un cereal con el que no estamos muy familiarizados, pero que contiene una gran cantidad nutrientes y se utiliza muchísimo en países como Italia, especialmente para elaborar platos salados. Nunca antes la había probado en dulces hasta que, siguiendo la recomendación de un amigo, me puse a desarrollar esta receta por primera vez. No sabía muy bien qué esperar porque no tenía ninguna referencia, pero me maravilló el color y la textura granulada y ligeramente crujiente que tenía. Después de probar diferentes versiones, usando distintas harinas, con limón en vez de naranja..., esta fue la indiscutible ganadora. No es de extrañar que entre los ingredientes aparezca de nuevo el mágico aquafaba montado, responsable de aportar esponjosidad y ligereza a este bizcocho sin gluten.

Aunque es deliciosa tal cual, recién salida del horno, convertirás esta sencilla tarta es un postre inolvidable si lo presentas decorado con una porción de ricota de almendras y ralladura fresca de naranja. ¡No puedo describirte lo maravilloso que es! ¡Tienes que probarlo!

Es un postre inolvidable si lo presentas decorado con una porción de ricota de almendras y ralladura fresca de naranja.

Receta para un molde redondo de 20 cm.

Ingredientes secos

80 g de harina de avena
50 g de sémola de polenta fina
50 g de harina de maíz
40 g de harina de almendra
1 c de levadura
½ c de bicarbonato de sodio
½ c de sal rosa
½ c de cúrcuma en polvo
¼ c de goma xantana

Ingredientes líquidos

100 g de azúcar de coco
5 C de zumo de naranja
¼ taza de AOVE
2 C de puré de manzana
½ c de extracto puro de vainilla
Ralladura de 1 naranja orgánica
3 gotas de aceite esencial de naranja (opcional)

Aquafaba montado

100 ml de aquafaba
½ c de zumo de limón

Decoración

Ricota de almendras (ver página 40), ralladura de naranja y flores comestibles

1. Precalienta el horno a 170 °C (150 °C si utilizas la función con ventilador).

2. En un bol grande añade todos los ingredientes secos, previamente tamizados a través de un colador de malla fina.

3. En otro bol vierte los ingredientes líquidos y mezcla bien con un batidor de mano. Reserva mientras preparas el aquafaba montado.

4. Para montar el aquafaba, puedes utilizar un robot de cocina o una batidora de varillas. Vierte el aquafaba en un bol grande con media cucharadita de limón y bate a velocidad media hasta que esté a punto de nieve. En ese momento aumenta hasta la máxima velocidad y bate hasta llegar al punto de turrón (cuando el merengue es firme y mantiene la forma). Si utilizas una batidora de varillas, tardarás entre 10 y 15 minutos.

5. Vierte la mezcla de los ingredientes líquidos en el bol que contiene los ingredientes secos y remueve bien con una espátula.

6. A continuación añade el aquafaba montado en cuatro intervalos, incorporándolo suavemente cada vez con movimientos circulares. No le des demasiadas vueltas ya que no queremos que la mezcla pierda volumen.

7. Vierte la mezcla sobre un molde redondo de 20 cm y hornea durante 35 minutos.

8. Retira el molde del horno y deja que se enfríe durante 5 minutos antes de desmoldar.

9. Desmolda el bizcocho y deja reposar sobre una rejilla hasta que se enfríe antes de cortarlo.

10. Corta en triángulos y sirve con una *quenelle* de ricota de almendras y ralladura de naranja.

Nota

Aunque el azúcar de coco es un ingrediente seco, se mezcla con los ingredientes líquidos para que se disuelva bien.

Conservación

Puedes conservarlo bien cubierto a temperatura ambiente hasta 4 días.

Consejo

Te recomiendo que la ralladura de naranja, limón o de cualquier otro cítrico que utilices en tus recetas sea siempre de frutos orgánicos y sin encerar.

Truco

Pasados unos días, puedes aprovechar lo que te haya sobrado de tarta cortándola en porciones finas y horneándolas de nuevo a 180 °C durante 10 minutos por cada lado. Una vez frías, tendrás crujientes *biscottis* de polenta y naranja, perfectos para acompañar una taza de té.

Castagnaccio

Tuve la suerte de probar este maravilloso postre cuando visité a mi amigo Filippo durante mi último viaje a la Toscana. Filippo y yo podemos pasarnos el día entero metidos en la cocina e irnos a dormir pensando en qué cocinaremos al día siguiente. Me recibió con todos los ingredientes listos para hacer este tradicional postre del que me había hablado un millón de veces. Hecho a base de harina de castañas, sin azúcar y sin gluten, el *castagnaccio* data del siglo XVI y es originario de la provincia de Lucca. Conocido también como el pan de los pobres, esta era una receta muy común en las zonas más humildes de montaña.

¡Parece mentira que con ingredientes tan simples pueda hacerse algo tan delicioso! Cada *nonna* italiana tiene su propia versión, y esta es solo una de ellas, la que salió de la cocina de mi querido amigo, en el pintoresco pueblecito de Monteggiori.

¡Parece mentira que con ingredientes tan simples pueda hacerse algo tan delicioso!

Receta para un molde redondo de 24 cm de diámetro.

450 ml de agua filtrada
250 g de harina de castañas
3 C de AOVE
2 C de piñones
1 rama de romero fresco
¼ c de sal rosa

Decoración

Ricota de almendras (ver página 40) y ralladura de naranja orgánica (opcional)

1. Empieza precalentando el horno a 200 °C (180 °C con la función ventilador).

2. En un bol, y con la ayuda de un batidor de varillas, mezcla la harina de castañas con el agua hasta que quede una mezcla homogénea y sin grumos.

3. Añade la sal y 2 cucharadas de AOVE y mezcla de nuevo.

4. Cubre la base del molde con 1 cuchara-da de AOVE y repártela bien.

5. Vierte la mezcla sobre el molde y reparte los piñones y el romero fresco sobre la superficie.

6. Con un movimiento circular, añade un chorrito de AOVE por encima y hornea durante 40 minutos.

7. Deja enfriar el molde antes de desmoldar.

Para decorar

8. Sírvelo a temperatura ambiente (¡no caliente!) y es ideal acompañado con una porción de ricota de almendras y ralladura de naranja.

Conservación
Puedes dejarlo cubierto a temperatura ambiente hasta un máximo de 4 días, aunque está mucho más bueno si se consume el mismo día o el día después de prepararlo.

Truco
Concluido el tiempo de horneado, verás que la superficie se ha empezado a cuartear pero aún tiene un aspecto jugoso. Aunque pueda darte la sensación de que todavía no está cocinado del todo, sácalo del horno y déjalo reposar para que acabe de endurecerse. Si se hornea demasiado, quedará seco y no estará tan rico.

Conocido también como el pan de los pobres, esta era una receta muy común en las zonas más humildes de montaña.

Galette de verano

La *galette* es uno de esos postres rústicos y tradicionales que nunca decepcionan porque siempre gustan a todo el mundo. Además de ser muy fácil y rápida de hacer, es ideal en cualquier época del año, ya que le va bien prácticamente cualquier fruta. La masa no necesita levadura y, en vez de usar harina de trigo y mantequilla, yo utilizo harina de espelta integral y aceite de coco virgen extra, obteniendo un resultado igual de exquisito, pero mucho más saludable.

Aunque la espelta también contiene gluten y no es apta para celíacos, a muchas personas (entre las cuales me incluyo) les resulta mucho más fácil de digerir que el trigo. Yo escojo la harina de grano integral, que además aporta todos los nutrientes y beneficios que contiene este cereal ancestral.

En esta versión he utilizado ciruelas e higos porque estaban en plena temporada, pero la manzana y los frutos rojos también son una gran alternativa.

Crujiente por fuera y jugosa por dentro, le doy un toque fresco sirviéndola con una porción de crema de ricota de almendras y unas hojas de albahaca fresca.

La galette es uno de esos postres rústicos y tradicionales que nunca decepcionan porque siempre gustan a todo el mundo.

Masa

200 g de harina de espelta integral

¼ taza de agua fría

¼ taza de aceite de coco virgen extra, previamente solidificado (ver nota)

2 C de sirope de arce, frío

½ c de canela de Ceilán

½ c de cardamomo en polvo

½ c de extracto puro de vainilla

½ c de sal rosa

Relleno de ciruelas e higos

6 ciruelas

3 higos

1 C de sirope de arce

1 C de azúcar de coco

2 c de harina de almendra

½ c de extracto puro de vainilla

Pizca de sal rosa

Crema de ricota

½ taza de ricota de almendras (ver página 40)

2 c de sirope de arce

½ c de extracto puro de vainilla

Decoración

Almendras fileteadas peladas y albahaca fresca

Para la base

1. Empieza preparando la masa de la *galette* con al menos 1 hora de antelación.

2. Tamiza la harina de espelta sobre un bol grande con la ayuda de un colador. Al ser integral, verás que te quedará la parte final más gruesa de la harina sin colar. Añádela en el bol con el resto ya que contiene la mayor parte de los nutrientes.

3. Continúa con las especias y la sal.

4. Con ayuda de un rallador, ralla el bloque de aceite de coco *(ver nota)* sobre el bol de los ingredientes secos. Mezcla ligeramente con una espátula.

5. Continúa añadiendo el sirope de arce (sacado directamente del frigorífico para que esté frío) y el extracto de vainilla.

6. Ve incorporando el agua fría de manera progresiva mientras vas mezclando con la espátula.

7. Cuando no puedas seguir removiendo, amasa con las manos solo hasta que todos los ingredientes estén bien incorporados y puedas formar una bola. No amases demasiado.

8. Cubre con un trapo limpio y guarda la masa en el frigorífico durante al menos 1 hora para que repose y resulte más fácil de amasar.

Para el relleno de ciruelas e higos

9. Una vez lavada la fruta, parte las ciruelas por la mitad, retira la semilla y corta los higos en cuartos.

10. En un bol pequeño combina el sirope de arce con el azúcar de coco, la harina de almendra, el extracto de vainilla y la sal, y vierte la mezcla sobre la fruta cortada. Mezcla bien con una cuchara y reserva.

Para la crema de ricota

11. Mezcla la ricota con el sirope de arce y la vainilla en un bol pequeño y reserva en el frigorífico hasta que la *galette* esté lista para servir.

Preparación de la *galette*

12. Precalienta el horno a 190 ºC (170 ºC si usas la función con ventilador).

13. Saca la masa del frigorífico y espolvorea harina de espelta sobre la superficie de trabajo.

14. Con ayuda de un rodillo, extiende bien la masa en forma circular hasta que tenga un grosor de unos 2-3 mm. Ten cuidado de que la masa no se pegue a la superficie, girándola de vez en cuando y espolvoreando más harina. No te preocupes si la forma no es perfectamente circular.

15. Coloca la masa sobre una bandeja de horno grande forrada con papel vegetal.

16. Si lo deseas, corta los bordes irregulares de la masa con un cuchillo.

17. Pon las frutas que tenías macerando en el centro de la masa. Empieza colocando las ciruelas en mitades en el centro (con la piel hacia abajo) y luego distribuye los higos alrededor de las mismas creando un círculo.

18. Deja un margen de la base sin rellenar de unos 5 cm.

19. Con cuidado, pliega los bordes creando la forma de la *galette* y con un pincel píntalos con un poco del líquido que haya quedado en el bol donde tenías las frutas.

20. Hornea durante 40-45 minutos hasta que esté bien dorada y la base crujiente.

21. Deja reposar 5 minutos y decora con hojas frescas de albahaca.

22. Sírvela caliente acompañada de una porción de crema de ricota de almendras.

Nota

Para solidificar el aceite de coco te recomiendo usar un molde de silicona. Vierte el aceite líquido en las cavidades del molde y guárdalo en el frigorífico hasta que se solidifique totalmente.

Conservación

Cubierta con papel vegetal puede conservarse a temperatura ambiente durante 3 días.

Consejo

Recalienta las porciones que hayan sobrado en el horno durante unos minutos antes de servirlas para que la base vuelva a estar bien crujiente y calentita.

Truco

Puedes adelantar tiempo y preparar la masa el día anterior. Tendrás que sacarla del frigorífico 1 hora antes para que no esté demasiado dura y puedas amasarla fácilmente.

Transcurridos 30 minutos, saca la *galette* del horno, pinta los bordes con un poco de sirope de arce y reparte almendras peladas fileteadas alrededor. Mete de nuevo en el horno para que se acabe de hornear y las almendras se tuesten.

Focaccia con cerezas

A veces me pregunto si en otra vida fui italiana porque mi amor por su comida tradicional roza la obsesión. De nuevo en la Toscana, y esta vez rodeada de libros de cocina regional, me encontré de morros con una receta llamada *schiacciata*. Aunque el nombre parezca complicado es una receta tan simple como deliciosa. Se trata de una *focaccia* que se hornea cubierta de uvas fragola (un tipo de uva negra muy dulce con sabor a fresa).

Me moría de ganas de probarla, pero estábamos en pleno mes de julio y las uvas no están de temporada hasta septiembre, así que se me ocurrió utilizar cerezas, que en ese momento abarrotaban los mercados y estaban muy dulces.

¿Moraleja? Improvisa. Busca alternativas con los ingredientes que tengas a mano y los que más te gusten. Utilizar las recetas como punto de partida para luego experimentar es siempre una buena idea. La verdad es que esta receta nos gustó tanto que ¡ni siquiera he llegado a probar la original!

Utilizar las recetas como punto de partida para luego experimentar es siempre una buena idea.

Receta para un molde redondo de 24 cm de diámetro.

250 g de harina de espelta
150 g de agua tibia
3-4 C de AOVE
1 c de levadura para pan
1 c de sal rosa

Decoración

1 taza de cerezas,
1 C de azúcar de coco
y romero fresco

1. Empieza disolviendo la levadura con el agua en un bol grande.

2. A continuación añade la harina y 1 cucharada de AOVE y mezcla bien con las manos durante unos 2 minutos hasta que empiece a formarse una masa.

3. En ese momento añade la sal y continúa amasando 1 minuto más.

4. Pon la masa sobre una superficie de madera y sigue amasando con las manos hasta que deje de ser pegajosa.

5. Aunque tengas tentaciones, no añadas más harina para ayudarte a amasar. Es normal que al principio la masa sea muy pegajosa, pero si la trabajas bien, al cabo de 5-10 minutos podrás formar una bola que no se pega a la superficie.

6. Añade 2 cucharadas de AOVE en la base de un bol de plástico o cristal, coloca la masa encima y muévela bien alrededor del bol para que se empape con el aceite.

7. Cubre el bol con un trapo de cocina ligeramente humedecido y deja reposar la masa en un lugar caliente de la casa hasta que haya doblado su volumen. Si es verano, con 1 hora será suficiente. Si es invierno, puedes meter el bol tapado en el horno con la luz encendida durante unas 2-3 horas.

8. Una vez que la masa ha doblado su tamaño, pásala a un molde redondo de aluminio o metal previamente engrasado con 1 cucharada de AOVE.

9. Aplasta suavemente la superficie con la yema de los dedos índice, corazón y anular.

10. Asegúrate de que la masa está bien húmeda. Si ves que se seca, añade un chorrito de AOVE y extiéndelo suavemente con las manos.

11. Deja reposar la masa a temperatura ambiente durante otra hora.

12. Pasado el tiempo, precalienta el horno a 220 ºC (200 ºC si usas la función con ventilador).

13. Mientras tanto, lava las cerezas, pártelas por la mitad y retira uno a uno los huesos. Reparte las cerezas sobre la superficie de la *focaccia* (con el corazón mirando hacia abajo para que no se sequen) y espolvorea una cucharada de azúcar de coco por encima.

14. Añade unas cuantas ramitas de romero fresco y hornea durante 25-30 minutos.

15. Sabrás que la *focaccia* está bien hecha cuando la base esté crujiente y la superficie dorada.

Conservación

Al igual que cualquier otro pan, es mucho mejor comer la *focaccia* el mismo día. Si te sobra para el día siguiente, hornéala de nuevo durante 5 minutos antes de servir.

Truco

Esta *focaccia* está deliciosa tal cual, horneada con escamas de sal Maldon por encima. Si luego la sirves con ricota de almendras, higos, miel y tomillo fresco, ya tienes otro postre para echarte a llorar.

Agradecimientos

Este libro ha sido posible gracias al apoyo de muchísima gente. Después de tanto tiempo trabajando sola, uno de los grandes descubrimientos de este último año ha sido precisamente ver cómo, con el apoyo de unos y de otros, mi trabajo ha podido transformarse y florecer.

Pero hay razones por las que estar agradecida que empezaron mucho antes de que este libro fuese si quiera una idea... Aunque no tengo páginas suficientes para mencionar a todas las personas, estas son las indispensables:

Mi padre, por transmitirme sus valores y hacer que me convierta en la mujer que soy. Gracias por enseñarme a no poner excusas y encontrar siempre una solución a cada problema.

Mi abuela Alejandra, porque a sus 90 años sigue siendo la mujer más luchadora que conozco y mi mayor fuente de inspiración.

Raúl, por un apoyo sin fisuras acompañado de un necesario estoicismo diario para poder soportar mi obsesivo deseo de alcanzar la «perfección» en mi trabajo. Gracias por formar parte de mi vida y caminar conmigo.

Ramón y Bea, por estar siempre dispuestos a echarme una mano en lo que haga falta.

Soco, por confiar ciegamente en mí y por las cientos de horas de *brainstorming* que hemos pasado juntas sentadas en el suelo de la cocina. ¡Al final lo vamos a conseguir, amiga!

Edu, por ser el mejor amigo que se puede tener y estar al otro lado de la pantalla siempre que lo necesito.

Filippo, por su amistad y por ser el mejor compañero de cocina que jamás podría tener.

Cara, por estar siempre cerca cuando sabe que «su hermana mayor» la necesita.

Toda la familia que forma parte de la Fattoria La Vialla, por recibirme siempre con los brazos abiertos y hacerme sentir como en casa desde el primer día.

Roshan, Rubén y Paco, por ser mis testadores oficiales y compartir conmigo una copa de vino (o dos) en cada una de las sesiones.

Todo el equipo de Pino Design, por trabajar conmigo codo con codo durante el proceso de diseño de este libro; y en especial a Quique y Banui por su enorme paciencia y perseverancia durante la última semana intensiva de trabajo.

Mireia, mi editora, por darme la oportunidad de escribir este libro, por su increíble confianza en mi trabajo y su cercanía desde el primer momento.

Toni Rodríguez, por ser una enorme fuente de inspiración, creer en mi trabajo y regalarme un prólogo tan bonito.

Joanna, por asistirme en todo el proceso y lidiar con mis niveles de exigencia.

Josefa, por su gran ayuda leyendo y corrigiendo cada una de las líneas de este libro.

Mis queridas Amanda, Patrizia, Moran, Maddy y Ali, compañeras de clase, increíbles chefs y amigas de por vida.

Chef Eddy Van Damme, por creer en mí y animarme a que me saltase las normas de la pastelería tradicional.

Equipo de Life Kitchens en Londres, por dejarme utilizar sus maravillosas cocinas para grabar los cursos de mi escuela *online* Aurea.

Not Perfect Linen, por vestirme con sus bellas y éticas prendas de lino.

Familia y amigos: la lista es interminable... Gracias a cada uno de ellos por su apoyo moral continuo.

A la comunidad de Instagram, en particular a cada una de las personas que me apoyan siguiendo mi cuenta @datesandavocados. Sin ellos tal vez este libro no existiría.

A todos los artistas que me han permitido usar sus cerámicas en este libro, haciendo brillar mis postres. A continuación os dejo una lista de sus cuentas de Instagram para que podáis ver sus maravillosos trabajos:

@caracaraorange
@gaya.ceramic
@kanalondon
@elkelucasceramics
@farmhousepottery
@handandfire
@mellumbceramics
@nikau.store
@sit_still_lauren_ceramics
@sinikkaharmsceramics
@kinfolkandco
@ayameceramics
@karaleighceramics

Y finalmente no puedo decir nada más que gracias a todas y todos, por ser parte de mi presente.

Gracias a los que he recordado y a los que sin duda me habré olvidado, pero que también merecerían estar en esta lista.

Por muchas más sonrisas dulces :)

Papel certificado por el Forest Stewardship Council®

Primera edición: octubre de 2019

Printed in Spain – Impreso en España

ISBN: 978-84-17773-84-7
Depósito legal: B- 17.519-2019

Diseño y maquetación de pino.design

Impreso en Gráficas 94, S.L.
Sant Quirze del Vallès (Barcelona)

GT 7 3 8 4 7

Penguin
Random House
Grupo Editorial